大方
sight

战火家园

Kamila Shamsie

HOME FIRE

[英] 卡米拉·夏姆斯 著
朱双南 译

中信出版集团 | 北京

图书在版编目(CIP)数据

战火家园／(英)卡米拉·夏姆斯著;朱双南译.
--北京:中信出版社,2019.5
书名原文:Home Fire
ISBN 978-7-5086-9633-1

Ⅰ.①战… Ⅱ.①卡… ②朱… Ⅲ.①长篇小说-英
国-现代 Ⅳ.①I561.45

中国版本图书馆CIP数据核字(2019)第022834号

战火家园

著　　者:[英]卡米拉·夏姆斯
译　　者:朱双南
出版发行:中信出版集团股份有限公司
　　　　(北京市朝阳区惠新东街甲4号富盛大厦2座　邮编　100029)
　　　　(CITIC Publishing Group)
承 印 者:浙江新华数码印务有限公司

开　　本:880mm×1230mm　1/32　　印　　张:10.5　　字　　数:166千字
版　　次:2019年5月第1版　　印　　次:2019年5月第1次印刷
京权图字:01-2019-1940　　广告经营许可证:京朝工商广字第8087号
书　　号:ISBN 978-7-5086-9633-1
定　　价:56.00元

致吉莉恩·斯洛沃

我们所爱的人……是这个国家的敌人。

——索福克勒斯《安提戈涅》

（谢默斯·希尼 译）

伊丝玛

Isma

01

伊丝玛快要赶不上飞机了，而机票又是不能退的，因为航空公司不会对提前三小时到达机场又被请进审讯室的乘客负任何责任。她料到自己会受审，但没想到还要先经过几个小时的等候，也没想到被搜查行李的感觉是这么羞耻。她事先确认过没带上任何可能招致非议或质疑的东西——没有《古兰经》，没有家人合照，没有任何她学术兴趣领域内的书籍——但即便如此，那个女海关还是把伊丝玛的衣物一件件拎出来，用手指捏了个遍。与其说在搜寻暗袋，倒不如说她在评判面料的质地。最后，她伸向一件进门时伊丝玛折好挂在椅背上的外套的商标，把衣服拎起来，捏着两边的肩部。

“这不是你的。”她说。伊丝玛敢肯定，她的意思不是“因为这衣服的尺码比你大了至少一个号”，而是在说

“你这种人穿不起这么好的衣服”。

“我以前在干洗店工作。上次有个女人带这件衣服来，但我们弄不掉上面的污渍，她就说不要了。”伊丝玛指着口袋上的一块油渍说。

“经理知道你把它拿走了吗？”

“我就是经理。”

“你以前是个干洗店经理，现在却要去马萨诸塞州的阿默斯特读社会学博士？”

“是的。”

“究竟怎么回事？”

“我大学刚毕业，就和弟弟妹妹一起成了孤儿。他们那时候才十二岁——是对双胞胎。我找到第一份工作就先干起来了。现在他们长大了，我也可以过回自己的人生了。”

“你要过回自己的人生……在马萨诸塞州的阿默斯特。”

“我是指学术生涯。我以前在 LSE[1] 的导师现在去了阿默斯特的大学执教。她的名字叫希拉·沙。您可以给她打电话。我到了那儿先住她家，等找到自己的住处

1 LSE：伦敦政治经济学院（London School of Economics）。

就搬走。”

“在阿默斯特。”

“不，我还不知道。抱歉，您是指她的住处还是我的？她住在北安普敦——那儿离阿默斯特很近。我会看看附近有没有适合的住处。所以我可能会住在阿默斯特，也可能不会。我的手机里有几个房产中介列表，手机在您那儿。”她停了下来。海关的这种手段，她之前在安检处就领教过了——你竹筒倒豆子般回答他们的问题，他们则保持沉默，这样你就会觉得自己交代得还不够多。而你说得越多，听起来就越心虚。

女人把外套丢进一大堆衣物和鞋子里，叫伊丝玛等着。

这些都是好一会儿之前的事了。飞机现在应该已经开始登机了。伊丝玛打量着行李箱。一等那女人出去，她就把行李重新收拾打包了起来，接着又开始担心未经许可这样做会不会有冒犯之意。她是不是该把衣服一股脑地倒出来堆一起？还是说那样会让情况更糟？她站起来，拉开行李箱的拉链，把它敞开，让里面的东西一览无遗。

一个男人走进办公室，手上拿着伊丝玛的护照、笔记本电脑和手机。她升起了几分希望，但他却坐下来，示意她也坐下，然后在两人之间放了支录音笔。

“你把自己当英国人吗？”男人问。

“我就是英国人。”

“但你把自己当英国人吗？”

“我一辈子都生活在这里。”她的意思是，这世界上也没别的国家能让她有归属感了，但话说出口却像是在回避问题。

讯问持续了近两个小时。他想知道她对于诸多事物的看法：什叶派、同性恋者、女王、民主、英国家庭烘焙大赛、入侵伊拉克、以色列、人体炸弹、交友网站。在经历了英国人身份认同上的小失误后，她已经进入了和安妮卡演习过的审讯状态：安妮卡扮演审讯官，伊丝玛回答妹妹的问题时，就把妹妹当成一个政治立场不明朗的客户，而自己既不想因为发表异见而丢掉生意，同时又觉得没必要撒谎。（“人们一说到什叶派和逊尼派之间的仇恨，总是围绕着政治权力的不平衡，譬如在伊拉克和叙利亚——作为一个英国人，我眼中的穆斯林之间没有区别。”“占领别人的领土普遍只会制造更多问题，而非解决问题。”——这种说辞对伊拉克和以色列都适用。“屠杀平民是罪恶的——无论是通过自杀式袭击、空袭还是无人机打击，都一样。”）每个回答和下一个问题之间都有长长的一段停顿，男人在她的笔记本电脑上点来点去，检查她的浏览历史。他知道了她对一部热门电视剧男演员的婚姻状态感兴趣；知道裹着希贾布[1]也拦不住她购买昂贵的美发产品来驯服自己的一头卷发；还知道她搜索过“如何跟美国人寒暄”。

“你其实不用这么唯唯诺诺的。”安妮卡在模拟角色的时候说过。她的这个妹妹还不满十九岁，有一颗法律系学生的大脑，对自己的各项权利如数家珍，却丝毫不知道自己在这个世界上有多么难以容身。“举个例子，如果他们问你对女王的看法，你就说：‘身为一名亚裔，我不得不敬佩她能穿遍整个调色盘。’你在整个过程中得表现出哪怕一点点的蔑视。”可事实上，伊丝玛的回答是：“我极其敬佩女王陛下对她的身份所承担的责任。”

但是，哪怕在脑中听到妹妹的另一种答案也让人欣慰。“哈！”当这名官员问到一些妹妹预料到却被伊丝玛否决的问题——比如那个“英国家庭烘焙大赛”时，她仿佛听到妹妹发出了一声胜利的欢呼。好吧，如果他们真的不让她上这班飞机——或者连后面的航班也都无望了——她就回家去找安妮卡，伊丝玛心中多少也知道会

1　穆斯林女性穿戴的一种头巾，遮盖头发、耳朵、颈部及上胸，露出面部。

是这个结果。至于安妮卡对自己的归来有多期待，那就很难说了——她一直坚定地表示伊丝玛不该改变去美国的计划。这到底是为了伊丝玛好，还是只想一个人留在家，恐怕连安妮卡自己都说不清。伊丝玛脑中飞快地闪过帕尔维兹的名字，可这个念头刚要浮出水面，就又被另一股力量淹没了。她连想都不愿再想起他。

门终于又打开了，刚才的女海关走进来。也许会由她来讯问家庭问题吧——这是最难回答的，也是伊丝玛和妹妹预演时最担心的问题。

“抱歉，”那女人言不由衷地说，“我们得等美国人睡醒了才能确认你学生签证上的一些细节。都检查完了。给。”她以一种宽宏大量的姿态递给伊丝玛一张长方形的卡片。那是她已经错过的航班登机牌。

伊丝玛站起来，因为脚发麻而有些站立不稳，可她刚才不敢活动双腿，生怕不小心踢到桌子对面的男人。她拖着行李箱出去时，对那个把大拇指印留在自己内衣上的女人说了声“谢谢”，甚至不允许语气中流露出一丝讥讽。

—

寒冷咬噬着裸露在外的每一寸皮肤，接着一层层钻进了衣服里。伊丝玛张开嘴，仰起头，呼吸着让她嘴唇发麻、连牙齿都作痛的空气。到处都是结成硬壳的积雪，在航站楼的灯光下闪闪发光。希拉·沙博士开了两个小时的车，穿过马萨诸塞州来到波士顿洛根机场接她。她把行李箱交给博士，自己朝着停车场边缘的一个雪堆走去，然后脱掉手套，把指尖按在上面。雪堆起初抵抗着她，接着让步了，她的手指埋进底下柔软的雪层里。她舔掉手掌上的雪，缓解了一些口中的干燥。希斯罗机场客户服务部的女人——一个穆斯林——帮她在下一班飞机上找了个座位，没有收她钱；她一路上都担心着在波士顿等待自己的审讯，他们一定会扣留她，或者把她送上回伦敦的飞机。但移民局的官员只问了问她要去哪儿读书，又说了些大学篮球队的事——她其实不太懂这些，但还是尽量表现出兴趣——然后就放她过去了。接着，她走出入境大厅，见到了沙博士，她的导师兼救赎者。伊丝玛本科时代后的这些年，沙博士都没什么变化，只是深色的短发间又多了几根银丝。看到她扬起一只手欢迎自己，伊丝玛明白了另一个年代人们的感受：当你踏出甲板，看到自由女神高举的臂膀时，你知道你成功了，你会好起来的。

虽然脱掉手套的手仍有些僵硬，她还是在手机上输入了一条信息：安全抵达。通过了安检——一切顺利。沙博士来了。你那边如何？

她的妹妹回复：挺好的，现在我知道他们放你过去了，纳西姆阿姨可以不用再祷告了，我也不用再团团转了。

真的没事吗？

别再担心我了。去过你自己的生活吧——我真的希望你去。

停车场里停着霸气十足的汽车；下面是宽阔的大街；四处都是闪耀的灯火，它们又被玻璃表面和积雪映衬得更明亮了几倍。在这里可以光明磊落、堂堂正正地生活，而且——在这 2015 年的元旦——她拥有了一个新的开始。

—

伊丝玛在天光中醒来，看见两个人影正从天空向她落下，他们的头顶上都翻滚着鲜亮的色彩。

抵达美国的第二天早上，希拉·沙就带她来看了这间小公寓。为了弥补阴暗潮湿的内置式橱柜造成的缺憾，房东把天窗作为卖点大加吹捧，还保证她可以看到彗星和月食。可希斯罗机场受审的那段记忆仍刺激着伊丝玛的神经，她只能联想到监视卫星在太空中转动的画面，于是拒绝了这间公寓。但是在一整天的物色之后，情况已经很明确了：她既然不想受室友叨扰，就租不起更好的地方。现在，十周过去了，她已经可以四仰八叉地躺在床上，心知肚明自己能被看见，却相信没人来看。那两个跳伞者拖曳着金色和红色的伞盖，看起来移动得真慢啊。在几乎整个人类历史上，从天而降的不是天使就是上帝，要不就是魔鬼——或者是急坠而下的伊卡洛斯，他的父亲代达罗斯追得太慢，没能抓住这个自负的男孩。栖于人类经验的共性之中，是怎样一种感觉呢——全神贯注地望着天空，等待着神迹降临？她拍下一张降落伞的照片，发给了安妮卡，并附上文字：哪天也试试？接着她下了床，想看看春天是否提早到来了，或者只是风雪暂时的停息。

气温在一夜之间急剧攀升，将积雪融化成一条小溪。她黎明第一次醒来祷告时就听到了，小溪正沿着街道的缓坡奔流而下。她听别人说，暴风雪持续了一个冬天，超出了以往。穿上衣服时，她想象着人们走出家门，几个月以来第一次瞥着斑驳的地面，找出遗失的物件——单只手套、钥匙、笔和硬币。积雪的重量把曾经熟识的东西全压变了形，于是那只落单的手套被摆在它曾经的伙伴身旁，看起来仅仅像个远亲。那么，接下来你该怎么办呢？把两只手套都扔了，还是牛头不对马嘴地戴上它们，承认这场团聚是个奇迹？

她叠好睡衣裤，把它们压在枕头底下，再铺平羽绒被。环顾这间屋子的简洁线条——一张单人床，书桌和椅子，一个衣柜——就如大多数早晨一样，她感到一阵深深的惬意，她喜欢把日常生活简化到只剩下必需品：书本、散步、思考和工作的空间。

这天早上，当她推开重重的房门，从这栋两层楼的石板小屋里走出来时，第一次感到空气中没有了那种刀割般的感觉。积雪融化后的大街和人行道宽敞了不少，她走在路上不用再担心踩到冰滑倒。这种感觉简直——那个词叫什么？无拘无束！走过殖民时期的双层楼房，走过一辆辆贴着政治信仰车贴的汽车，走过复古服装店，走过古董店和瑜伽馆。她来到大街上，市政大厅和它那镶嵌着箭状凹缝、令人费解的诺曼式塔楼，给整个景色平添了一种狂欢的气氛。

她走进最爱的那家咖啡馆，手里端着一杯咖啡走下楼梯，来到陈列着一排排书籍的地下室——这儿就像个避难所，有温暖的灯光、磨旧的扶手椅和浓浓的咖啡。她在键盘上敲下几个键，唤醒笔记本电脑，几乎没注意到桌面屏幕上已经看过太多次的母亲照片——那是 20 世纪 80 年代，母亲还很年轻，留着爆炸头，戴着沉甸甸的耳环，正在婴儿伊丝玛的头上印下一个吻。依照每天早上的惯例，她打开 Skype 看妹妹是否在线。她不在，伊丝玛正准备关掉窗口时，一个新的名字跃入了在线联系人列表。帕尔维兹 · 帕沙。

伊丝玛双手离开键盘，放在笔记本的两边，盯着弟弟的名字。自从十二月的那天以后，她再也没见过这个名字。那天他打电话来，告诉了她们自己的决定，丝毫没想过这对两个姐姐意味着什么。此刻，他应该也正盯着她的名字吧，旁边的绿色小钩告诉他，她正在线上。Skype 窗口的位置正好紧贴着桌面上母亲的嘴唇。宰娜卜 · 帕沙面容清瘦，目光越过了伊丝玛，正对着那对双胞胎，两个孩子咧开的嘴和笑盈盈的眼睛都和他们的妈妈一模一样。伊丝玛把 Skype 的窗口最大化，让它撑满整个屏幕，然后两只手掌拢住咽喉，在血脉的高速贲张中感受心脏对这个名字的反应。几秒钟过去了，对面什么动静都没有。她继续盯着屏幕，就像她知道他也正盯着他的屏幕，两人都为了一个共同的原因：等待安妮卡。

就在几周之前，在希拉·沙的大公寓里，一阵奇怪的音乐闯进了希拉切土豆的“笃笃”声——那是一种尖利而高频的拨弦声。伊丝玛和希拉检查了电话和门铃对讲机，把耳朵贴在墙壁和地板上，又来到走廊上，打开柜子，搜索了几间空屋。声音仍在继续，动听而怪诞，无法断定为她们所知的任何一种乐器声，也不可能是任何人声或鸟鸣。一个街坊邻居经过，也停下来找声音的源头。“有鬼。”他离开前，眨了眨眼睛说道。

伊丝玛笑了起来，可希拉却搂紧她的肩膀，伸手摸了摸挂在墙上的邪眼护符。伊丝玛一直以为那只是个装饰。

音乐还在继续，一路跟着她们穿过房子，像是从四面八方传来，又好像根本没有源头。希拉手中攥着一把刀，口中念念有词，最后才听出那是《圣经》的主祷文——她是在克什米尔一所教会学校接受的教育。最后，这位极其理智、思维犀利的沙博士表示，她们应该顶着劈头盖脸的冰霰[1]出去吃饭，说不定等她们回来声音就没了。伊丝玛刚在屋子的边角缝里沾了一手灰，于是

1 原文为 hail，但冬春之交不会有冰雹，所以此处是指冰霰。

上楼去浴室清洗。她站在洗手池前，看了眼一旁的窗外。她看见了音乐的源头。

她冲下楼，一把抓住希拉的手臂，拽着她离开后门的入口，一头扎进冰霰里。整栋红砖房的屋檐上，从这头到那头都挂满了冰凌，每根都一英尺有余。漫天的冰霰击打在这些利刃上，奏成了一曲音乐。这是冰与冰碰撞出的声乐，不亲身经历根本无法想象。

疼痛向她袭来。那是肉体上的痛，她一下子跪在了地上。希拉朝她走来，但伊丝玛举起一只手，仰面躺在雪地上，任凭疼痛碾过全身。冰霰和冰凌还在合演着锋利的交响乐。帕尔维兹，那个头套式耳机和扩音器从不离身的男孩如果在这里，一定会躺在原地直到这歌声结束。他会任凭积雪湿透自己的衣服，不顾砸来的大粒冰珠，不在乎任何事，只专心捕捉这前所未闻的音色，因幸福而双眼朦胧。

那是她唯一一次真正地、单纯地想念着自己的弟弟，即使想到自己已经失去他，脑海中也不会冒出任何像“忘恩负义”“自私”这样的形容词。现在，她看着屏幕上他的名字，不出声地开口祈祷安妮卡别上线，那些形容词又浮现在脑中。安妮卡也必须学会承认自己已经永远失去了他。这是做得到的，即使是对你曾经爱过的人，伊丝玛在更早时就明白了这一点。但是，唯有当斯人已去，在他的位置上留下一片彻底的空白时，你才能做到。

他的名字从屏幕上消失了。她触碰着自己的肩膀，肌肉在皮肤下纠结成了一团。她揉捏着肩颈，终于体会到远离家人的感觉：没人会向你伸出双手，只有自己的手才能抚慰自己的痛苦。“我们要保持接触。”在离家的几周前，她和安妮卡彼此约定过。但“接触”是一件现代科技无法允许的事，没有了“接触”，她和妹妹就失去了她们在一起时独有的重要意义。“接触”是她们生命的开端——安妮卡还是婴儿的时候，洗澡、换尿布、喂奶、摇着她哄睡觉这些事都由她的祖母和九岁的姐姐来做。而帕尔维兹，这对双生子中更体弱多病的孩子才能吮吸母亲的乳房（她的奶水只够喂一个），总要哭到母亲亲自来哄才肯罢休。等这对双胞胎长大一点，形成了自己封闭的小宇宙时，安妮卡对伊丝玛的需求变得越来越少了，但两人还维持着身体上的亲密——帕尔维兹成为了安妮卡倾诉哀愁的对象，可当她需要一个拥抱、想有一只手摩挲自己的后背、想有个人在沙发上蜷缩相依时，还是会找伊丝玛。当生活让伊丝玛不堪重负——尤其是他们的祖母和母亲相继去世的那一年里，伊丝玛还要承担起父母的职责，供养两个沉浸在悲伤里的十二岁孩子——总是安妮卡把双手放在姐姐的肩上，给她按摩，消除酸痛。

二

午后，气温已经超过了 50 华氏度，这听起来，以及在体感上都比 11 摄氏度要暖和得多。春天的到来清空了咖啡馆地下室里的大部分人。伊丝玛把午餐时喝的那杯咖啡微微倾斜，指尖轻轻蘸了一下里面的液体，思考着如果要求店员用微波炉加热一下会有多失礼。就在她决定厚着脸皮冒险一试时，门开了，吸烟区的烟味钻了进来，紧随其后的是一个年轻男人，有着一副令人震惊的外表。

让伊丝玛震惊的并非他的俊秀——浓密的深色头发，奶茶色的皮肤，恰到好处的身材比例，身高适中，肩型优雅。在温布利的任何一个街角多站一会儿，你总能看到一款这样的，虽然鲜有人带着他身上这种优越感。不，真正震惊她的，是这人长相中惊心动魄的熟悉。

她有个叔叔——不是亲叔叔，甚至感情也谈不上多好，只是由于经常出现在她的家庭生活中而习惯了这么叫——他家里有张70年代拍的照片，照片上，社区板球队的队员们正举着一只奖杯。孩提时代的伊丝玛有时会驻足看着这张照片，好奇那群意气风发神采飞扬的少年怎么会成长为今天这样平庸的中年男人。她的注意力全在自己如今认识的那几个中年人身上，因此对那个没有笑容、穿着极其不合身队服的人从未多加留意。直到有一天，她的祖母站在照片前，手指戳着其中一个年轻人，说出了“不要脸”这三个字。

那位叔叔不知老人家为何一反常态骂起人来，便走过来看。“可不是嘛，咱们新上任的下院议员。”他说，“决赛那天我们缺一个人，碰巧这位严肃先生来看望他的堂兄，也就是我们的捕手。于是我们说，行，你顶上吧，就把我们受伤的击球手的队服给他了。他也没立什么大功，只是击出了一个球，结果就举着奖杯拍了这张官方照片，还上了本地报纸。我们当时把奖杯给他只是想客气一下，毕竟他是外人。而且我们满以为他会礼貌地说声谢谢，但奖杯还是应该由队长——也就是我——来拿。那时我们就该料到他以后会当政客。我敢赌二十镑，他一定会把那张照片裱起来挂在墙上，然后告诉所有人他是本场最佳球员。”

那天晚些时候，伊丝玛无意中听到祖母跟她最要好的朋友兼邻居纳西姆阿姨说话，才知道了那句“不要脸”的真正所指。这和那个不爱笑的男人的职业选择无关，而是在指他最近对伊丝玛的家庭所展露的残忍面目——他明明可以轻而易举地帮他们一把。在那之后的几年里，伊丝玛都密切注意着他——照片上的几个人里，唯有他长大后仍保持着纤瘦挺拔的身材，眼睛永远瞄准着更大更耀眼的奖杯。而此刻，这个男人就在这里，正从咖啡馆的那头走来。这并不是那个受人憎恨和艳羡的中年男人，他只比照片中那个穿着板球队服的少年大一点点，唯一的区别在于他的头发更蓬松，脸上的表情也更开朗。这一定是，也只可能是那个人的儿子。她见过另一张照片，上面也有他在，但他低着头，垂散的头发遮住了脸——她当时怀疑这是不是故意设计的。艾蒙，这是他的名字。爱尔兰式的拼写掩藏了他的穆斯林本名——“艾曼”(Ayman) 成为了“艾蒙”(Eamonn)。这一细节曾被报纸文章披露过，还附上了他们全家的照片，当时他们一定在温布利眉开眼笑吧？这样人们就知道他的父亲已经融入了。(而他那爱尔兰裔的美国太太则被视为另一个消除种族隔阂的佐证，却没人将其与他儿子的名字联系起来。)

那个人的儿子身穿蓝色牛仔裤和橄榄绿色棉夹克，

站在柜台前等候。

她站起来，手里端着马克杯朝他走去。“这个柜台只在客人多的时候才开。”

“谢谢，多亏你提醒我。那营业柜台在——？”他发元音时有种张扬的优雅，她本以为他会像他父亲那样，用更难分辨阶级的伦敦腔说话。

“在楼上。我带你去吧。我的意思是，你当然听得懂‘楼上’这个词。我应该说，我正好自己也准备上去。我的咖啡凉了。”她干吗要说那么多？

他接过她手里的马克杯，动作里有种出人意料的热络。“请允许我来吧。报答你没让我成为‘在柜台前站到天荒地老的英国人’。至于你把我错当成‘会在上楼时迷路的英国人’，那也是可以原谅的。”

“我只是想加热一下。”

“没问题。”他嗅了嗅杯子里的咖啡，这个动作同样有点过分热络了，“好香啊。这是什么豆子？埃塞俄比亚咖啡和哥伦比亚咖啡我总是傻傻分不[1]……”他停下来，“这话该怎么说下去呢？”

---

1 I wouldn’t know an Ethiopian from a Colombian if ... 后半句没说出来的话是［it bite me in the ass］。可能是觉得对女性说这句俗语有点不雅。

“没关系。这是自制的咖啡。”

她站在原地，看着他朝楼上走去。楼梯的一侧摆着种有蕨类植物的陶罐，另一侧的墙上也画满了蕨类。当他向下瞥着她，用口型说了句“还没走丢”时，她假装走神，回到壁凹处的小书桌前，偏过身体，用自己的影子挡住阳光，不让它照在笔记本屏幕上。她的手指滑过木桌表面，抚过上面的节疤和焦痕。你猜猜，她开始在手机上输入，但接着又停下删掉了。伊丝玛一下就能想到安妮卡回复的语气：恶！她会这么说，或者：你理他干吗？

他没有回来。她想象着他看到柜台前已经排起了小长队，就把她的马克杯放下，耸耸肩，走出了楼上的大门；这既让她肯定了心中的看法，又有点失望。她上楼想再买一杯咖啡，却发现咖啡机坏了，于是只好退而求其次，要了热水和茶包，看着茶的颜色一点点化进水里。回到楼下，她看见一杯新鲜咖啡放在自己桌上，一个男人窝在旁边的椅子里，腿跷得比胳膊还高，正在读一本书。书的形状跟他头顶书架上的空缺正好吻合。

“这是什么？”他问道，眼睛看着她放在空桌上的那杯茶，检视着茶包尾巴上的标签。“‘宝石红’。都懒得假装它有味道。”

她一边道谢一边拿起了马克杯。里面的咖啡没有刚倒出时那么烫了，他一定是从街的那头带过来的。“我要还你多少钱？”

“聊五分钟的天。这是我排队所花的时长。但你可以先忙完你的事。”

“那还要一会儿。”

“正好。我也有时间继续读读这本非常重要的……”他合上书去看封面，“《女性秘密圣经，合辑：女性巫术、女神仪式、施法以及其他女性艺术》。”

一个学生抬起头来，看着他们。

伊丝玛把笔记本电脑塞进背包，喝光咖啡。“你跟我一起走路去超市吧。”

在前往超市的短短几步路里，她得知他辞掉了管理顾问的工作，正在体验一段办公室围墙之外的生活——其中也包括来阿默斯特看望他的外公外婆。他小时候来这儿过过暑假，非常喜欢这座小镇。

在她对着两个不同品种的番茄犯难，不知该选哪个来做晚上的意面酱时，艾蒙去晃了一圈，带回来一罐李形番茄，还有她并不准备做的色拉用菜叶。“芝麻菜，”他说，卷起舌头夸张地发出 r 音[1]，“介于拉丁美洲舞蹈

1　芝麻菜原文为 Arugula。

和去疣膏药之间。”她说不清他是故意卖弄，或者他就是那种沉迷于自己魅力的男人。

她刚把采购的东西一件件装进背包，他就从收银台上拎过包，甩到一边的肩膀上，说自己喜欢这种大男生的感觉，问她是否介意他来背一会儿。她心想，他只是在展示自己的翩翩风度，这在他的同类人中间被奉为美德。可当她告诉他不必讲究这种骑士精神时，他却说自己其实最没骑士精神了，竟缠着一位女士陪伴自己，仅仅因为他觉得寂寞，而伦敦口音又正是最好的解药。于是，他们继续同行，向一旁的树林走去，毕竟这实在是美好的一天。途中，他提议先绕道去大街（他说这个名字时微微有些不屑，是那种刚从大都市来的人才有的语气），这样可以去一家户外服装店看看。然后，就在她去大街对过的 ATM 机里取二十美元的空档里，他又出来了，脚上穿着价格不菲的徒步鞋，背包的分量也比之前更重了。

树林里道路泥泞，但阳光透过张牙舞爪的树枝照射下来却很舒服。河水因融雪而上涨，呼啸着奔流而过。他们竖起衣领挡住树干上滴下来的水；当大颗冰冷的水珠掉到他的脑袋上时，他似乎并不介意开口怪叫。他对她那条时髦的羊毛包头巾起到的保护作用稍稍作了评价，还管她叫葛丽泰·嘉宝。他们时不时就听到“砰”的一声，那是大团积雪落在地上的声音。但继续前行好像还足够安全。他们有一搭没一搭地聊着——天气、美国人对陌生人的自来熟、最喜欢的伦敦巴士路线（这恰恰会暴露他们各自居住的地段）——但即便如此，他那英式幽默，以及他身上的文化色彩还是比她预料的更浓。

他比她更擅长闲聊，但始终留意着不去主导对话——哪怕对她最平庸的见解，他都会饶有兴趣地听，然后顺着她的话提问，而不是把她的话作为引子来开启自己的一番高谈阔论——她认识的大部分男人都这样。“他受过的教养，也正是我想给帕尔维兹的。”她不由得想。

来到一片更僻静的水域，一棵树沿岸倒下，伸出二十英尺有余。伊丝玛踩着树干走过去，伸出双臂保持着平衡。他站在后面，不断发出半是紧张半是赞叹的声音，听在耳中十分受用。天空湛蓝，汹涌的河水就像飚出心脏的血液。这个清瘦的年轻男人和她分属不同世界，此时却等待着她走回自己身边。她喘了口气，想在水中捕捉自己的倒影，但水流太急，全然不同于她所习惯的缓缓的河道。

她来自一个运河交错的城市：这是她青春期的一大发现，同一时间里，她学校里的朋友们都忙于另一些方面的探索，那对她而言与其说是吸引，倒更像是种难堪。在阿尔珀顿这个距离她老家两英里的地方，她可以沿着僻静的河边大道一路向前。这里和她一路而来经过的拥挤嘈杂的街道相比荒无人烟。她知道母亲和祖母一定会说这太危险了，一个小姑娘孤零零地走过一片工业区，再沿着荒凉的区域向前，身边只有树叶子作伴，还是在这种乡下地方（对她的家人而言，没有哪里比乡下更危险了，你在这里叫破喉咙都没人听见）。于是她从来不说具体地点，只说“我去散散步”，这句话对他们来说既悦耳又无害。

她一只脚在光溜的树干上打了个滑，只能顺势屈膝以免摔倒。冰凉的水溅在她的手上和袖子上。她小心翼翼地走回来，注意到艾蒙脸上不安的表情。

在那之后，他又问了一些关于她生活的更直接的问题，仿佛她从横倒的大树上越走越远的行为让他把焦点全聚集到了她身上。她给出的都是最简单的回答：在伦敦北部长大，这点他已经通过巴士路线得知了——准确来说，是在普雷斯顿路附近，这答案对他显然有点过分准确了。家里有两个弟妹——比她小很多。是由她母亲和祖母带大的，两人都不在世了；她对自己的父亲一无所知。她是来这里读博士的，拿全额奖学金，同时在做研究助理，拿的薪资足够她生活。她申请得太晚没赶上秋季学期，但她的前任导师沙博士帮她安排了一下，可以在一月份入学。她就是这样过来的。“那么你现在正在做自己想做的事了？真幸运！”

“是啊。”她说，“是很幸运。”她想着自己是不是也该问一些有关他生活的事。但这样他就会提到他父亲，而她无法假装不认识此人，那可能会把他们领向一条她不想走的路。

河水的颜色变深了，这是一天将尽的第一个信号，尽管天空的光线还很充足。她带他走回路上，两人走出林子，来到一所高中附近，那些手长腿长的半大孩子正在露天赛道上飞跑，一堆堆泥泞的积雪散布在场地的角落里。

“可以问你个问题吗？”他说，“你的包头巾，到底是为了好看还是因为穆斯林的规矩？”

“你知道吗，整个马萨诸塞州只有两个人问过我这个问题，而且他们都想知道我到底是为了好看还是在做化疗。”

他大笑起来，“癌症或伊斯兰教——哪一个问题更大？”

这种话有时仍会让人猝不及防。他立刻举起双手道歉。“老天啊。抱歉，我不该这么说。我的意思是，如今在这世界上，要做一个穆斯林肯定很难。”

“我倒是觉得不做穆斯林更难。”她说。两人继续走着，谁都没再说话。等他们回到大街时，气氛已经尴尬起来。她原以为他再怎么世俗化，再怎么把政治看得大过宗教，心里也依然是认同穆斯林的。这种想法多愚蠢啊，别忘了他是谁的儿子。

“那么，再见吧。”快走到咖啡馆门口时，她说道，一边向他伸出手去。等她做出这个动作，才意识到自己有些过分正式了。

“谢谢你陪我这一路，也许我们还会再见面。”他说着从她的背包里拿出自己的鞋，又自然而然地把包递还到她伸出的手上。他一定认为，一个遵照“穆斯林的规矩”裹包头巾的女人不可能和一个男性握手。走在回家的路上，她心想，生活在一群外国人之间的日子还是很惬意的——你听不懂他们的潜台词，也就不用知道“也许我们还会再见面”的实际意思是，“我今后并没有特别想再见你的意愿”。

二

纳西姆阿姨打了个电话来。这位邻居在祖母去世后就接替了她的位置，目前正和安妮卡住在一起。电话里，她说自己本不想打扰伊丝玛，但请她能否注意一下安妮卡。“她现在整天泡在外面，我还以为是跟朋友在一起，但我刚才见到了吉塔，她说那帮朋友们最近都没怎么见过安妮卡。”

普雷斯顿路的吉塔是安妮卡在家和大学之间的一条纽带——她比这对孪生姐弟大一岁，家里有个嫌她碍眼的新继母，于是她租了间学生宿舍，给安妮卡多配了把钥匙。吉塔自己从来不住宿舍，她正和男朋友同居，虽然长辈们都不知道此事。

安妮卡最开始在吉塔的宿舍过夜，都是因为泡图书馆或者忙于各种社交而错过了地铁末班车。那时伊丝玛很不满——大学里那些男孩都不知根底，何况安妮卡跟伊丝玛不一样，她总是小伙子们的注目焦点，也乐于向他们回眸。眼神接触还不是全部，虽然她总向姐姐隐瞒这方面的生活，而伊丝玛，或许也管得太严了些。最后，是帕尔维兹说服伊丝玛接受了现实——如果安妮卡出了什么需要担心的事，他一定会知道；而他如果真需要帮手来跟孪生姐姐讲讲道理，也一定会告诉伊丝玛。但现在，已经不必再担心安妮卡被孤零零留在冰冷而毫无人情味的伦敦心脏了。安妮卡向来擅长找到关心自己的人。她那矛盾的性格中有一种强大的吸引力——牙尖嘴利却又替人着想，思维缜密却又不受拘束，她会敞开心胸去拥抱别人的痛苦，却在自己被抛弃又成为孤儿的时候无力承认伤害（“我还有你和小帕，这就够了”）。帕尔维兹和伊丝玛总是站在各种群体的边缘，以防别人打探他们的生活（“你们的父亲在哪儿？那些关于他的传言是真的吗？”），安妮卡却懂得如何把自己置于人群之中，勾勒出她的边界，再在禁区之外铺出一条亲密地带。尽管还是个小女孩，她却已经学会这么做：每当有人接近他们父亲的话题，安妮卡会立刻变得冰冷——对于习惯了她热情一面的人而言，这实在是种窘迫的体验，于是他们立刻退缩回去，而安妮卡也变回他们所认识的那个女孩。只是如今，帕尔维兹也成为了禁区，甚至无法被安妮卡藏于生命中的某个小角落。

和纳西姆阿姨聊过之后，伊丝玛给安妮卡打去好几个电话，直到伦敦已入深夜时才接通。床头的台灯投下一束小小的光圈，照亮了她搁在胸前的书——一本阿斯泰里斯漫画，她童年时代的最爱——而她的脸庞却留在了黑暗中。

“那户移民买了辆新车，一辆宝马！一辆宝马停在我们的车道上！接下来是啥？一匹矮马？阿迦[1]？住宿帮工？”当那家房客搬到姐弟三人从小长大的房子里，还撤掉了他们的纱帘，换上一幅总是低垂着、一看就很贵的帘子时，安妮卡说她第一次理解了邻居的感受——他们每次见到移民搬进来就愤愤不平。“移民”这个外号从此尘埃落定，虽然伊丝玛试图纠正过。

“没想到你还能注意到这个——纳西姆阿姨说你最近都不见影子。你那帮大学朋友也这么说。”

“连纳西姆阿姨都看不下去了，我一定是真的很不乖。”安妮卡说。

“她只是关心你。”

“我知道，对不起啦。我不是故意让她担心的，还有你。我只是最近想一个人待着。我正在学习体验你喜欢独处的心情。”

“我会回家的。马上就要放春假了，我们至少可以一起待一周。”一想到伦敦，伊丝玛就压力骤生，但她尽

1　奥斯曼帝国对官员、酋长等头衔的尊称。

量不在语气中流露出来。

“你明知道自己没钱，而且你也不想再进一次小黑屋了。要是他们这次不让你上飞机怎么办？或者在回波士顿的时候故意为难你？再说，我还有论文要赶呢，这才是我失踪的主要原因。我在好好努力，法律让人努力。不像社会学，你们看看电视就说自己在做研究。”

“我们从什么时候开始互相不说实话了？”

“从我十四岁开始。那次我说要去板球练习场看帕尔维兹，其实是去麦当劳见吉米·辛了。”

“吉米·辛？那个一镑店的吉米·辛？安妮卡！帕尔维兹知道吗？”

“他当然知道。我做的事他都知道。”

就在她们发现帕尔维兹所作所为的那天晚上，安妮卡允许了伊丝玛为自己梳理长长的黑发。那曾是她们母亲的习惯，每当有哪个女儿需要安慰时，她就会这么做。梳到中途，安妮卡向后靠进姐姐的怀里，说：“他从来没对我解释过，为什么当初要瞒着我买易卜生的票。”就在母亲去世的几个月之后，帕尔维兹，这个突然进入了青春期，却生活在一个充斥着账单和哀恸之家的男孩，决定要拥有一台自己的电脑，这样姐姐们才不会打扰他近期开始沉迷的音乐制作。

一天夜里，他趁大家都睡着后偷偷溜出了家门，搭上开往伦敦市中心的巴士，来到伦敦西区的一家剧院门口，从午夜排队到第二天上午，就为了低价弄几张易卜生戏剧的首演票。这场演出的一名演员不久前刚因出演某超级英雄角色而跻身好莱坞A咖之列，正要靠这部戏重拾自己严肃戏剧演员的名头。帕尔维兹买了两张票——用的是从伊丝玛银行卡里“借来”的钱，然后又飞快地转手卖了个天价。当他像个凯旋的英雄般昂首阔步回到家、宣布这件事时，迎来的却是两个姐姐的怒火。伊丝玛气的是自己加班加点地工作才把讨债人挡在门外，而且在这满是种族歧视和恋童癖的世界里，谁知道一个小男孩会遇上多么恐怖的事？可安妮卡的愤怒却更盛。“你为什么不告诉我？我什么事都跟你说——你怎么能瞒着我？”帕尔维兹和伊丝玛都习惯了安妮卡在他们之间充当缓冲，完全没料到她会发作。六年过去了，安妮卡只能用那件事来帮助自己理解弟弟的伎俩。伊丝玛的解释却更简单：有其父必有其子。基因造下的孽。

“男孩子跟我们不一样，”伊丝玛说，“他们想要什么的时候就只顾眼前。”

屏幕上的画面晃动了几秒，对面的动作和形状都一片模糊。接着，她看到妹妹躺在床上，面朝着支起来的手机。

“不如我们先看看廉价机票，也许我可以在复活节放假时去找你。”安妮卡说。可她还没说完，伊丝玛就坚定地摇了摇头。

“你怕我对希斯罗那群保安猴子表达我对女王调色盘的欣赏之情？”

“确实怕。”一想到安妮卡在审讯室里的场景，她的肌肉都绷了起来，“我们就真的不提帕尔维兹上线的事了吗？”

“我们一提他就要吵架。我现在不想吵架。”

“我也是。但我想知道你有没有和他说过话。”

“他发了条消息来，说他没事。你也收到了吧？”

“没有，我什么都没收到。”

“行了伊丝玛，你肯定收到了。就算没有，我也会告诉你的。一定是这样。他很好，他肯定以为我一收到消息就会转告你。”

“这说明他还记得怎么替自己以外的人着想。”

“别这样好吗？我知道你喜欢用愤怒来表达关心，但别这样。”

我在用愤怒表达愤怒。如果在平时，她会这么回答，但这天晚上她只是说：“我想你。”

“那你等我睡着了再下线。”安妮卡说着向伊丝玛伸出手，关掉了旁边的灯。

“从前，有个小女孩和小男孩，叫安妮卡和帕尔维兹，两人都有和动物说话的本领。”

安妮卡笑了。“讲那个有鸵鸟的故事。”她说，声音闷闷地从枕头里传出来。

伊丝玛的故事还没讲完，安妮卡就睡着了。这个故事是他们的母亲为自己的第一个孩子编的，后来伊丝玛把它改了改，又讲给了双胞胎弟妹听。伊丝玛还在线上，听着两人的呼吸声共同起落，仿佛回到了往昔，每当安妮卡在夜里惊醒或醒后感到害怕时，就会爬上伊丝玛的床，唯有姐姐规律的心跳声才能教妹妹那颗狂跳的心脏平静，直到万籁俱寂，只剩下她们和谐一致的呼吸声。整个宇宙仍环绕着她们。

02

一整个早上，她都假装没看见坐在咖啡馆地下室的另一头、正埋头做填字游戏的他。但当她点了份三明治当午饭，端着它回到自己桌前时，他走了过来，说也要吃点东西，问她是否介意自己坐过来。

“普雷斯顿路，”几分钟后，当他端着一盘意面回来时说道，“上次你说自己在那儿长大，我就听着有点耳熟，等回去查了地图才知道，那原来在温布利啊，我父亲的家人也住在那一带。我以前每年开斋节都去。”

“哦，是吗？”她其实很清楚他父亲一家人住在哪儿，但选择闭口不提，也没说另一件她也知道，但他似乎还不知道的事——他们已经搬走了，去了加拿大。

“以前大人不在时，我堂兄就会唱一首歌给我的小妹妹听。这几年我脑袋里老是回响着那一句歌词，但就是想不起其余的，我妹妹也没印象，我都要疯了。你知道那是什么歌吗？”他猝不及防地唱起了一首巴基斯坦流行歌曲，歌比他的年纪还大——而他比她小了四岁，这是她之前发现的。她认出了那首歌的曲调，歌词他唱得含糊不清，好像还夹杂着乌尔都语。他唱了两句，声音很轻柔，还红了脸——她没料到他会害羞，尤其是他的声音还那么好听。她从手机的曲库里找出一首歌，看着艾蒙把自己的耳机插上——那副贵得吓人的耳机，是帕尔维兹曾经梦寐以求的。他听着，闭起了眼睛，脸上的表情不是享受，而是认可。

“谢谢你。”听完歌，他说，“这歌到底是什么意思？”

“是在赞美皮肤白皙的姑娘们，她们无可畏惧，因为人人都将永远爱她们的白皮肤和蓝眼睛。”

“啊，对，”他笑起来，“我听说过一次。他们唱这首歌是想调戏我妹妹，但她权当是夸奖，泰然处之。我妹妹就是这样。”

“那你呢？你也是这样的人吗？”

他微微皱了皱眉，把叉子的尖头戳进意面的空心管里。“不，我想不是。”他的语气很不确定，似乎不习惯被人这样问及自己的性格。他把叉子举到脸边，吸进空心面时发出了一声响。“啊，对不起，我平时的餐桌礼仪没那么差。”

“我不介意。你懂乌尔都语吗？”

他摇了摇头，他刚才唱的那两句也印证了这一点。于是她说：“那么你也不懂 bay-takalufi 是什么意思吧。”

他坐直了身子，像学生一样举起手，“这个我知道。这是‘随便’的意思，指举止亲密。”

她一瞬间有点疑惑，他的父亲连基本的乌尔都语都不教给儿子，却告诉了他这个词的含义。“我倒不觉得那是亲密。它是指和某人在一起时随意自在的感觉。自在到忘记保持餐桌礼仪。如果你跟别人在一起时能这么随意自在，只要尺度得当，这在对方而言也算是种荣幸，尤其如果你们才刚认识。”她一口气说完，以掩饰听到“亲密”这个词时的紧张。

“好吧，”他好像接受了这种解释，“让我们在餐桌礼仪上彼此自在一些吧。”他把自己的盘子推向了她。她动作夸张地把三明治的面包往他的意面酱里蘸了蘸，然后凑过身去，就着他的盘子咬了一口。

在这顿放松、畅快的午餐结束时，他站起身来，“我们以后再来这儿碰面？我发现只要咖啡机没坏，这里的卡布奇诺就是整个镇上最好喝的。”

“我的课都在下午，早上我最喜欢来这个地方。”她说。其实，有时候这里人太多，她就会去心目中排名第二的咖啡馆，但说到底，何必这么较真呢？

二

姐弟三人你看着我，我又看着他。至少感觉上如此，虽然伊丝玛对双胞胎弟妹的关注很可能远大于他们对自己的。她从屏幕前飞快地抬眼，看到艾蒙坐在一张桌子前，离这边不远不近，正全神贯注地看着本地报纸上的新闻，连拿起杯子喝咖啡时都不舍得移开目光。他身处的是另一个世界，和她每天上午 11 点的这十几秒所在的世界完全不同。她的弟弟是个生活十分规律的人，这至少还算件幸事，否则，她每一天的每个小时都会这样度过：看着安妮卡等帕尔维兹上线，再当他的名字旁出现那个绿色小钩时开始想：*他在说什么他是不是在伤她的心他是不是想拉她入伙哦不算了吧他不会这么做的但他为什么就不能离她远点呢*……可实际上，他每天只上线几秒钟，接着名字就又跳回离线栏。其后，安妮卡会给伊丝玛发来消息：*他签到了。*“签到”这个词是双胞胎之间的口头语。每当他们因为学校旅游或者在外过夜而分开时，就会在约好的某个时间发条消息给对方，上面只有一个词：签到。

帕尔维兹下线了，安妮卡也紧随其后，伊丝玛终于感到这一天的负担放下了，于是给房间另一头的艾蒙发了个冒着热气的咖啡杯的表情，后者的回应则是走上楼，给两人各买了一杯新鲜咖啡。在过去的一周多里，这也成了早晨的惯例之一——她又何必故作矜持呢？自从他决定两人要亲密而随意地相处，这已经是第九天了。“今天的世界又发生了什么？”等他回来坐在她对面时，她问道。他把晨报递给她，上面有他标记的当地新闻：据报道，一头熊抓挠了一间车库的门；邻镇由于三车相撞导致了一场短暂的交通拥堵，但无人受伤；一户人家花园里的麦当劳叔叔雕像失踪了。她说，毫无疑问，麦当劳叔叔赢得了“最本地”新闻的金牌，他却表示反驳，因为麦当劳叔叔应该属于全球性偶像。

每一天，在他们十一点相约过后，他都会出去“逛逛”，先驱车再步行。一如怀揣着远大理想的克里斯托弗·哥伦布，他一边追溯童年走过的小道，一边发现新的路径。有时候，他会在第二天早上带着旅途得来的贡品到咖啡馆：从糖工厂买到的一罐枫糖浆；一张被钉在橡树上的一美元钞票，上面还被镂刻出橡树叶的形状；从艾米丽·狄金森的墓碑上拓印下来的“归去”两个字——他说这让狄金森听起来像个残次品[1]。

从他的叙述中，她对身处的世界有了更多的了解，那是她从自己的生活中无法获知的讯息。但是，当她问他这一切的意义何在——这只是在想象一本旅行手册——他笃定地说，体验和观察本身就足够有意义了。那等他把存款花光了怎么办？她问。他回答，其实他之前提及的存款都是他母亲的——她最近半退休了，才发现人们为工作牺牲了太多生活和人际关系；虽然没能劝服女儿放弃一天十七个小时的工作，她却轻松说服了儿子从升职加薪中解脱出来，试着寻找其他方法来构建有意义的生活。伊丝玛认为这是个相当不错的想法，可艾蒙的敷衍态度却很令人失望。他真正应当做的是去学一门新语言，或者当个引航员——多少难民在寻求一片安全之地时，被某些水域吞没了小舟。

开始的几天里，她以为他会在十一点约她做些什么——看场电影，吃顿饭，或者再出去走走——但现在她明白了，他把每一天划分成一个个板块，以结构代替内

1　“归去”原文 Called Back，也可理解为“召回”。

容，而自己只是他的板块之一。在“早晨读报”和“每日闲逛”之间，还有一个“和伊丝玛喝咖啡”。虽然春假已经开始了，她也明确表示过自己有空闲，他却无动于衷。

他的父亲时常在咖啡时间里成为话题，但永远是以“我父亲”的身份出场，而非一个公众眼中的男人。在艾蒙口中，他是一个深情、宽容、爱开玩笑的父亲，和伊丝玛想象中的男人大相径庭。她有时怀疑这一切都是艾蒙精心编造的假象，目的是掩盖他父亲的真实面目。但后来，从他不经意的态度中，她看出他说的都是真心话。

一天早上，他没有按时出现在咖啡馆。她以为是天气原因——冬天又卷土重来了。雪花在窗前呼啸而过，天空一片惨白，汽车用车顶的积雪提示警察，它们已超出了两小时的停车时限。她刚从他的缺席中回过神来，正埋头解决自己统计学课程中的缺失变量问题，这时来了一条消息，是安妮卡的：

你听说了吗？独狼当上新内政大臣了。

她一定是惊呼出了声，坐在旁边的女人问她：“你没事吧？”但她已经在点击浏览器上的书签，打开一个标着“突发新闻”横幅的新窗口，上面是内阁改组的消息，其中最醒目的就是新内政大臣的任命。是他——这些天里，她每个早晨都注意着艾蒙的面部细节和动作举止，确实和这个男人如出一辙。文章将这位新上任的大臣描述为“具有穆斯林背景”，这种评价一直跟随着他，虽然他始终毫不掩饰地和穆斯林划清界限。文章后面则不可避免地用到了“安全问题是其强项”这样的句子。

她感到一阵恶心，一时想不出该如何理解个中原因。手机震动起来，她低头一看，是一连串消息。

越来越糟了。

他得证明自己是他们一伙的，不是我们，对不对？他又不是没这么干过。

我恨这个国家。

别给我打电话，我会乱说话的。

别监视我们的消息了你们这群傻逼，去抓银行家啊。

“嘿，葛丽泰·嘉宝，怎么一脸严肃啊？”

他在她对面坐下，一条胳膊挎在椅背上。和平步青云的父亲相比，他简直吊儿郎当。她“啪”地合上笔记本电脑，把手机屏幕翻了个面。

“你来晚了。”她说。

“家里出了件大事。”他凑过来，脸上挂着微笑，多么骄傲的儿子。桌子很小，他的膝盖顶到了她的。“我父亲刚刚被任命为新内政大臣了。卡拉马特·隆恩。你知道他吧？”她点点头，喝了一小口咖啡作掩饰。“有的人一看我的长相，再一听我姓什么，就猜出我是谁了。但你好像没有。”

“你的姓在巴基斯坦人里也不少见。”这只是转移话题而不算撒谎，她安慰自己。

“我知道。无论如何，很高兴终于可以告诉你了。而且，我也是因为这个原因才答不上我要在这儿待多久。我讨厌那些人一见他上新闻就来翻旧账，这次肯定还会变本加厉。我就是来避一避的。我父亲很会处理这种事，可我不行。所以，你要是看到我在纠结网上那些话，就把我的手机收走，好不好？”他用手指轻轻点着她的手指，来强调自己最后一句话。

翻旧账。他指的是卡拉马特·隆恩进入清真寺的一张照片，那张照片上了新闻，被指为“仇恨传道士”。那时他还是个下院议员，第一轮竞选到尾声时，一家小报弄到了这张照片，还大肆拟了标题《独狼隆恩老底被揭》。而“独狼”则回应这张照片为多年前所拍，他当时只为出席叔叔的葬礼，否则绝不会进入性别隔离的场所。后面还配有一张他和妻子手牵手进入教堂的图片。

几周后的选举中，他的穆斯林占多数选区就投票把他赶下了台，但转眼，他又在一场补缺选举中被白人占多数选区送上了保险席位。先前抨击他的那家小报也鼓吹他为“对抗英国穆斯林之落后的孤胆十字军战士”。伊丝玛很怀疑这笔“旧账”是否真会被重提——啊，除非他指的是这个故事的对立面：她曾听人说，卡拉马特·隆恩敢对清真寺习俗表现出如此藐视，是因为他早把这么做的短期损失和长远收益算得一清二楚——看来这说法完全正确。他就是个小人，精神白人，投机分子，叛徒。

“你跟他很亲近吧？”

“你懂的，父子之间都是这样。”

“其实我不太懂。”

“在成为男人的道路上，父亲是我们的指引者。”

她从未真正理解过，虽然她在文献记载和名人轶事中都没少见这种说法。对女孩们来说，成为女人只是必然的归宿；可对男孩来说，成为男人却是一种志向。他一定是看到了她不解的表情，因为他又解释道：

“我们想跟他们一样；我们想超越他们。我们想成为这世界上唯一能够超越他们的人。”他指了指自己，又示意了一下整间咖啡馆，耸耸肩，指代碌碌众生，“显然，我很久以前就认清这种努力是徒劳的。”

“不是的。你比他好得多。”

“你又是怎么知道的？”

她没作声，不知该如何回答。他问：“我进来的时候你为什么躲躲闪闪的？”

她犹豫了一下，把笔记本电脑转了个面，对着他，然后打开屏幕。

“你在看他的消息。伊丝玛，你早就知道他是我父亲？”

“是的。”

“那你为什么不说？”

她合拢双手，低头看着自己交错相扣的十指，就在几分钟前，他还亲昵地触碰过它们。

“你也是那种人？你也是朝他泼脏水的穆斯林之一？”

“对。”

他等待着，但没等到更多解释。

“我明白了。好吧，很遗憾听到这些。”她听到椅子挪动的声音，抬起头，看到他正站起来。“我逃到这儿来，原本是为了躲避那些目光，结果却发现自己竟和它们的化身在一起喝咖啡。也许终有一天，我会看出其中的讽刺意义。”那个待人友善体贴的男孩消失不见了，取而代之的是一个受尽伤害的男人，可这种伤害对他那厚颜的父亲而言，就如针扎般微不足道。

当他说“再见”时，语气里是毋庸置疑的决绝。

—

风势减弱了，大片的成型雪花飘落在她的衣袖上，过了一会儿才慢慢融化。伊丝玛朝不远处的家走去，可快到大门口时，她想起了屋里的水管，那叮当作响的声音让她无法忍受。于是她继续向前，一路来到街道尽头。这里是一座树木成行的墓园，不可思议的是旁边就有一间幼儿园，马路对面还有个棒球场。此处到了夏天一定是片阴凉胜地，秋天则色彩斑斓；可她眼下只见到白色的雪和灰色的石头。

她走上一段干净的小道，接着穿过一个雪堆，雪把她及膝高的靴子淹没了一半。她攀上一座十九世纪的墓碑，双脚悬空着。有时候，死者们是友好的幽灵，但今天，死人就只是死人，每一块被雕凿过的石板都是某人悲伤的见证。她的脚后跟在墓碑上磕了磕。“蠢。”她说。

只有这个字能描述心中无边无际的失落感，当她已经没有什么可失去时。

一

“这事未必就到此为止了。”希拉·沙说道。这天晚上，两人正坐下来准备吃一顿真正精致的晚餐。作为一个从未给人做过一日三餐的五十多岁单身女人，希拉放弃了亲自下厨的念头。她本来认为，既然共进晚餐，就应该在厨房展现一番技术，无论晚餐的客人光临得多频繁——或许，只有当这位客人已经太久没有母亲的照顾，才能得到她的如此款待。“你至少应该试着解释清楚你为什么会这么想。这又有什么损失呢？”

“可是这又有什么好处呢？反正他也要回伦敦了。”

希拉·沙的目光越过一叉咖喱番茄炖肉盯着她，“你知不知道，还在LSE的时候，我曾经觉得你讨厌我？”

“这怎么可能。哦，你是说第一学期，我朝你翻白眼的那次？”

此条令颠覆了英国法律长达790年的先例。这位克什米尔讲师正慷慨激昂地讲到控制令[1]及其对公民自由

1 控制令（Control order）：由英国政府于2005年颁布的反恐怖主义法案中提出，规定可对恐怖分子嫌疑人实施监控。该条令被指限制个人自由。

权造成的影响。这时，她看见第三排那个文文静静的姑娘翻了个白眼。你有什么话想说吗，帕沙小姐？“是的，沙博士。如果你看一眼殖民法条款，就会发现剥夺人民权利的先例一点都不少。唯一的区别在于这一次的适用对象是英国公民，但差别可能也没你想的那么大，因为他们一直以来都被婉转地排除在英国公民之外。”接着说。“在‘七七爆炸案’[1]中，媒体从来不把犯罪者描述为‘英国恐怖分子’。就算用了‘英国’两个字，也必定写成‘英国巴基斯坦裔’或者‘英国穆斯林’，再或者，用我最喜欢的说法，‘英国护照持有者’。总之，在‘英国’和‘恐怖分子’之间必然要加个分隔。”看来，你在决定发声的时候还是挺能说会道的嘛。

那天晚上伊丝玛回到家，站在镜子前，把手按在自己的咽喉上，感受到一种微微的颤动，好像什么东西正要苏醒过来。其实它已经苏醒了——她把压抑的愤怒用另一种方式注入了自己的论文，写的是反恐战争所产生的社会学影响。后来伊丝玛的母亲去世了，那种声音也消失了——直到如今，它又被沙博士唤回。两人合作了一篇论文，《不安全国度：不列颠及恐惧的工具化》，文

1　指2005年7月7日，伦敦地铁及巴士发生的至少7起连环爆炸案。

中运用到了伊丝玛在审讯室时的经历，并将其转化为研究。

“不，不是那次。是一直到你毕业，我都觉得你不喜欢我身上的某些东西，它导致每次我想跟你聊点课业以外的事，你都表现得很冷淡。后来你母亲去世了，你把一切原委都告诉我，我才明白过来。”

那天她在希拉·沙的办公室大哭了一场。为了她母亲，为了不到一年前比儿媳妇先走一步的祖母，为了她父亲，为那对成了孤儿的双胞胎弟妹——他们从未真正了解过自己的母亲，没见过她尚未被痛苦和压力侵蚀笑声和爱时的样子。但最主要的，是为她自己。

“我不需要艾蒙同情，如果你是这个意思的话。”

“我的意思是，心里藏着太多秘密是没有好处的。”希拉用她最专业的语气说道，“而且他们也低估了别人对你真实情况的接受度。”

“那……又怎样？我是不是要给他打个电话，”她举起盐罐放在耳边假装电话，“艾蒙，我有个可笑的故事要告诉你，是关于我父亲的。”

“不加‘可笑’两个字就更好了。”

“然后呢？我要不要把我弟弟那个更可笑的故事也说出来？说给我们新内政大臣的公子听听？”

“嗯……还是先说你父亲吧，看看他如何反应。再给你个建议：重新考虑一下希贾布吧。”她指了指伊丝玛那条包头巾，它和伊丝玛的鞋子一起被放在门边。后者是顾及希拉的硬木地板和波斯地毯；前者则是考虑到希拉本人的感受。

“沙博士，你真是见缝插针。”

“这会把你的小伙子吓得不敢靠近的。他会从这东西里解读出深层意思。”

“他不是我的小伙子，他的解读也没什么大错。而且我几时说过想和他有那种关系了？”她已经很久没感受过“那种关系”了，也不再懂得如何去索求。大学里的阿莫是最后一个和她有过身体亲密行为的男人——排除以前某些微不足道的摸索，他也是第一个。假若他们的关系再进一步，她或许还会有些许失落。但是阿莫害怕他们会受到永恒的惩罚，而伊丝玛认为，你在和一个人做这种事之前，至少该先想过要娶她。现在回想起来，他们几乎整个大二都能在一起，也真是个谜。

“你知道《古兰经》教导我们要把性爱当作真主的祝福去享受吧？”希拉说。

“那是在婚内！”

“我们对《古兰经》的解读都是有选择性的嘛。”

伊丝玛笑了，站起身去洗盘子。希拉·沙站在同情的角度把伊丝玛看得很清楚——周围环境让她顾虑重重、身陷泥潭，以至于种种机会都弃她而去。可现在，有一个男孩出现在她的路途中，他的笑容仿佛在向她保证，只要离他近一点，生活也可以是很美好的。于是希拉·沙把矛头指向那条头巾，告诉她，这块布和那个你不肯说的故事，是横在你们之间的唯一障碍。

伊丝玛在厨房里站了一会儿，感受着熟悉的气味和温暖的灯光，让自己相信了她的话。艾蒙的爷爷家附近就有上好的卡布奇诺咖啡，他根本不用每天早上开二十五分钟的车跑来同一家咖啡馆。她看着窗上自己的倒影。不知道他晚上会去哪儿，在什么地方度过。也不知道他现在在何处。

“蠢。”她说道，专心把碗碟装进洗碗机。

—

艾蒙张开嘴，发出的却是一声蚱蜢叫。“说话啊。”她说。唧唧，唧唧，唧唧。伊丝玛从黑暗中睁开眼，坠入了另一片黑暗，这黑暗被一方亮光所打破。

现在是凌晨两点十七分，安妮卡这个时候打来做什么？

不，不，不，不，不。她的宝贝，她的弟弟，她抚养长大的那个孩子。她一把抓起电话——脑中已经浮现出他死去的画面，残暴、无法忍受的画面——她按下接听键。安妮卡面如死灰。

“是你。”她的妹妹说。

“帕尔维兹？”由于困顿和恐惧，她自己的声音听起来好陌生。

“是你把他的事告诉了警察。”

前一刻的恐慌消失了，取而代之的是另一种恐慌。“谁告诉你的？”

“纳西姆阿姨在电话里跟拉齐亚·阿帕聊到了。所以你承认了？”

“他们迟早会发现的。”

“你怎么知道？”妹妹的声音里满是伤心和不解，“也许他们查不出来呢。这样他就能回家了。他可能刚发现自己犯了错就回心转意了，然后就回来了呢。是你害他回不了家。”她大喊起来，仿佛此时才感受到蔓延而来的伤痛，“伊丝玛，你让我们的弟弟回不了家了！”

伊丝玛触摸着屏幕上妹妹的脸，却只感受到冰冷的玻璃。“嘘——听我说。那些街坊邻里都知道了。警察一定会问出来的。我已经帮不了他什么了，所以我只能为你做点事，为了我们。”

“为我？”

“我们绝不能让政府质疑我们的忠诚。你难道就不懂吗？如果你配合，那就不一样了。那个决定是他做的，我不会让你为此受苦。”

“我现在就没受苦吗？帕尔维兹回不来了！”

“那是他自己害的，不是我。既然他们这么对我们，我们唯一能做的清醒的事就是让他们走。”

“帕尔维兹不是爸爸。他是我的孪生弟弟，他就是我！而你，你不再是我们的姐姐了。”

“安妮卡……”

“我是认真的。你出卖了我们，出卖了我们俩。而且你还想对我隐瞒。别打电话来了，别发消息，别给我发照片，别从海对面飞过来想让我见你一面。我们没有姐姐了。”

她愤怒的脸在屏幕上停留了一会儿，接着就变成了手机墙纸：黄色和绿色的树叶漂浮在人联盟运河的水面上。伊丝玛试了 FaceTime、Skype、WhatsApp，甚至打了个昂贵的国际长途过去。她不指望安妮卡会接，只是想让妹妹知道自己有多拼命地想和她谈谈。

最后，她再也受不了呼叫铃音了，只好仰面躺倒在床上，把自己紧紧地裹进羽绒被。群星冷冷地悬在头顶。她突然想起《古兰经》里的几句经文：以穷苍和启明星盟誓/你怎能知道启明星是什么/是那灿烂的明星。[1]她起身从床底下拖出祷告毯，跪在上面。“Bismillah ir-Rahman ir-Rahim。[2]”这几句阿拉伯语从童年起就陪伴着她，是她还在奶奶怀里时传下来的，虽然那时人人都觉得她还太小，根本学不会这些。奉至仁至慈的真主之名。伴随着祷告，她微微摇晃着，就像奶奶摇晃着她、哄她入睡，轻声念诵经文守护着她。一开始，这些句子对她而言只是某种听不懂的语言，但当她继续祷告，闭上双眼把世界关在外面，它们便沉入了她的身体，闪耀出光芒，驱散黑暗。接着光芒柔和下来，四散分开，将她笼罩在一片宁静之中，因为她知道自己如此渺小。

至少这在平时是奏效的。但今天，她大声念出的却始终只是陌生语言组成的词句，在这太过寒冷、无人会从被窝里出来的深夜里，回荡在房间之中。她回到床

---

1 出自《古兰经》第86章：启明星（塔里格）。此处采用马坚译本，下同。

2 意为“至仁主”。

上，把一个枕头紧紧抱在胸前，另一个垫在背后。不久前那个晚上，她还自欺欺人地以为自己仍懂得如何平息妹妹狂乱的心跳。安妮卡还在母亲子宫里的时候，就已学会了伴随弟弟的心跳。两人还是孩子时，就会一起躺在花园里，手指按着对方的脉搏，耳朵听着列车从屋子背后碾过铁轨的声音。他们等待着那一刻，两人的心跳先是合二为一，接着又应和着列车驶出普雷斯顿路站的隆隆声。

给我打电话给我打电话给我打电话。她在 Skype、WhatsApp 和手机上一起给妹妹发消息。

纳西姆阿姨来了电话，她被自己闯的祸吓坏了。当时她正跟女儿拉齐亚讨论新闻，她说，在这种大环境下，伊丝玛向警察告发帕尔维兹是件好事。她没听见安妮卡晚上先回了家，还以为她仍在八百里之外，在吉塔的住处。“她对我非常无礼。”纳西姆阿姨说，这句话道尽了一切，天翻地覆。

于是伊丝玛只好安慰她这种失误是难免的，不需要请求原谅，安妮卡总会想通的，虽然她其实只想冲着电话大吼：“你怎么能这么不小心？”最后她挂上电话，感到从未有过的疲惫。她靠进身后的枕头里，仿佛艾蒙正紧紧把她拥进怀中。噢，她低呼了一声，意料之外又是情理之中。这不是她第一次想象他在身边了，但她以前总是克制着。现在，她把自己埋得更深一些，感受着他带来的安慰——显然只有他才能给予这种安慰，她突然明白。

温暖的感觉传来，然后在很长一段时间里慢慢地蔓延到她的四肢，最后成为了热量。她在黑暗中朝他转过身去。当第一缕光出现在天际，她感到自己被一种欲望改变了，那是想被了解的欲望，彻底地被了解。趁着白昼和现实还未及驱散这冲动，她拿过手机，给艾蒙发了条消息：对不起。我嫉妒你的父亲。我父亲在被押往关塔那摩的时候死了。我想向你解释清楚。

他回复了，她原以为他还要过好久才醒。告诉我在哪儿见你。

而安妮卡仍杳无音信。FaceTime，Skype，WhatsApp，电话。什么都没有。

—

伊丝玛看着镜子里的自己，她的头发是经过“组织化处理”之后的“沙滩大波浪卷”——温布利珀尔塞波里斯发廊的莫娜向她推荐那款美发产品时，信誓旦旦地说它能在不做拉直的情况下抚平卷曲蓬松的头发。她的头发将变得“顽皮”而“令人惊喜”。也许吧，如果它们没有贴在她脸上的话。她拉开抽屉，里面放着各种包头巾和头纱。她合上抽屉，再一次看着镜子里的自己，然后又拉开它。

门口传来一阵小心翼翼的敲门声。她以为他到了楼下会先打个电话，但某个邻居走时肯定没关楼下大门，于是此刻他已经来了，比她预期中更早，而她仍然穿着浴袍。“稍等。”她喊了一声，抓起手边最近的衣服。牛仔裤，洗褪了色的胸罩——老天啊，这又有什么关系？——还有一件羊毛运动衫。

她打开门，感到呼吸有点困难。这种窘迫感在她那天提出陪他上楼找咖啡柜台时，也曾有过。他身上飘来一丝淡淡的、带香气的须后水味。是特地为了见面才用的，还是平日见到他时，这味道已经散尽了？

“你好。”他说。语气中并无不友好，却比平日的那声“嘿”正式了许多。是因为他们上次的不愉快，还是因为她没有戴包头巾？他的目光从她脸上掠过，看向了一边，好像觉得在她没戴头巾时直视她不太礼貌。她看着他打量这间屋子：碗架上的玻璃杯和盘子，光秃秃的墙壁，单人床以及上面的白色羽绒被和床单。

“挺不错的，”他说，“干干净净。”他扯开外套的搭扣，声音在安静的房间里回荡。她想知道“干干净净”究竟是“家徒四壁”的礼貌说法，还是他对这间屋子的看法真的和她过去一样——一个无欲无求的小家，只维持最基本的生活足矣。只是此刻，她改变了想法，真希望自己在这间屋子里多花过一点心思，还有那张单人床，它要是单得没那么彻底该多好。

“昨天的事很抱歉。”他说。

“该道歉的是我。喝茶吗？”

他蹬掉自己的长筒靴。她往水壶里灌水时，听到他穿着袜子走到书桌边的声音。接着传来一声低低的口哨，她知道他一定是看见了安妮卡的照片。

“那是我妹妹。”她说。

他朝她转过身，手上拿着相框。那张照片是去年拍的，就在双胞胎高中毕业后不久。安妮卡一身她最爱的装扮：黑色及膝长靴、黑色打底裤和白色长款上衣。一顶黑色的罩帽衬出她脸上的棱角，外面松松裹着一条黑白网纱的围巾。她一手叉腰，正冲相机后的双胞胎弟弟扬起下巴；伊丝玛把手肘搁在妹妹的肩上，露出宠溺的微笑。她的脸在妹妹的旁边显得那么宽；和安妮卡用唇膏与睫毛膏娴熟描画过的妆容相比，她的面容显得那么黯淡。

“她多大？”

“十九岁。”一个有着女人外表的孩子，一个不成熟的大人。伊丝玛只能想出这样的词来形容她。

他放下照片。“多棒的一家人。”他说，最后目光直直地落到她身上，“你的头发很美。”这句评价连同着上一句话直击她的内心，可他的注意力已经转移到桌上另一个相框，里面镶嵌着一张横线纸，上面是一句手抄的阿拉伯语。

“那这个呢？”

“这是《古兰经》上的话。‘La yukallifullahu nafsan ilia wus-ahaa’。真主只依各人的能力而加以责成。”祖母去世时，她发现这张纸被贴在床头柜抽屉的内侧。

他看着她，眼中的怜悯超过了她能承受的极限。他一定看出来了，因为再开口时，他的语气里带了几分自嘲，“那么，尬聊部分就到此结束吧。”她在自己的床上坐下，不知他会坐到自己旁边，还是会去坐几尺外的椅子。结果他两个都没选，而是席地而坐，把膝盖曲在胸前。

“跟我说说你父亲吧。”他说。

“其实我也不知道能跟你说什么。我不了解他。他这一生里尝试过很多身份：吉他手、售货员、赌徒、骗子、圣战分子。但他最持之以恒的一件事，就是当一个缺席的父亲。”

她把自己记得的所有事都毫无保留地告诉了他。父亲第一次出走时她还太小，不记得他是如何离开的，也不记得他走之前的模样。她就这样在一个只有母亲和祖父母的家里长大，也从不觉得心中有任何缺失。伊丝玛八岁那年，他又出现了——阿迪勒·帕沙，他的朋友们都叫他“怕什么的帕什”。他是个有着宽阔肩膀、幽默风趣的男人，对女儿与自己相貌上的酷似很是高兴。就像他生命中的其他女性一样，伊丝玛很快为他的魅力倾倒，并由此导致了一个灾难性的后果，就是给了他重回婚床的权利——他刚进家门时，伊丝玛的母亲不顾公婆的反对，坚持让他睡沙发。他在家待了很长一段时间，让妻子怀上了双胞胎，也让女儿再也离不开他。接着，他又一次走了。这次他离开的理由不再是赚快钱，而是要跟着一支护送队前往波斯尼亚。当时战争已进入最后几个月，他打着这个冠冕堂皇的旗号走了。护送队几周后就回来了，可他却没有，伊丝玛从此再也没见过他。

家里时不时会收到他寄来的卡片，上面是他潦草的字迹，写他正多么崇高地为反抗压迫而战。有时候，家

不对他说谎，这也包括不收敛自己的愤怒。

“对不起。我只是想……对不起。我想象不出这对你、对你的家人是种怎样的打击。”

她做了个无助又无望的手势。“我们没说过这事。我们也不被允许说这事。只有对街的纳西姆阿姨和她的女儿们知道，因为我们本质上是一家人，只是不住在一起。除此之外，还有一个人知道内情——这个人是我爷爷奶奶刚搬到温布利时认识的，当时那一带只有几户亚裔，大家互相都认识。他替我爷爷奶奶去找他堂兄的儿子——一位还在第一任期的下院议员，问他英国政府能否查到任何有关阿迪勒·帕沙的消息，此人在去关塔那摩的途中身亡，他的家人有权得到答案。

“‘他们没有他会过得更好。’那位议员说完就离开了房间。”

“那人就是我父亲？”

“没错。”

他垂下头，把脸埋进双手。

她想用手指去揉揉他浓密的头发，摸摸他的手臂。她体内升起一股轻快感，这是从未有过的感觉，仿佛整个世界打乱重排，那些做梦都想不到的事在这里成为了可能。在这轻快的世界里，安妮卡的怒火只是一时的，帕尔维兹的选择也是可逆的。

他抬起头，迎上她凝视的目光。“我可以吗？”他说着指了指床上她身旁的位置。她点点头，生怕自己的声音会暴露。

床垫被他的体重压得微微下陷。他握住她的手，棕色的双眼满是深情地望着她。“对于你遭受的这一切苦难，我很抱歉。”他说，“你是位了不起的女性。”接着他轻拍着她的手，一次，两次，随后放开，“你需要理解一下我的父亲。”

她一点都不想理解他的父亲。她只想重新得到他的手，那双手把电流输送到她全身，包括最私密的部位。几乎就像他亲手触摸着她。

“这对他而言更难，”他说，“考虑到他的背景。尤其是早些时候，他必须比其他议员更小心，有时，这就意味着要做一些违心事。但他做的每一件事，哪怕是那些错误的选择，都是出于一个明确的目标：公共事业，国家利益，英国价值观。他对这些深信不疑。他做的所有那些错误的选择，最终会把他送到正确的位置上，就是他现在的位置。”

他坐在这里，他是他父亲的儿子。他们各自的政治立场已经不重要了，也不论父亲在场或缺席、有没有别人更爱他们、爱得更高尚：到最后，他们都是自己父亲的孩子。

“我并不是说这样做就是对的，”他用两根手指按摩着太阳穴，指甲上露出完美的半月形，“我不太会说话，应该让他来解释。这样吧，下次你在伦敦的时候可以和他见一面。我来安排——你当面问他，让他来说清楚，他会愿意回答的。我想，等你听完他的解释就会对他有所改观了。”

“我？去见卡拉马特·隆恩？”

英国价值观先生。安全强人先生。远离穆斯林先生。他会说：“我知道你家的事。你们没有你弟弟也会过得更好。”而艾蒙，这痴心一片的儿子，只能可怜巴巴地表示同意。

“语气别那么犯愁呀。他会很和善的，就算是看我的面子。”他捻起她的一束头发，轻轻揪了揪，“现在我见过你不戴头巾的样子了，就可以算是你的兄弟了，对不对？”

“你是吗？”

“抱歉，我是不是太冒昧了？”

她站起来，转过身去耸了耸肩，“没有，没关系。”她故意用轻松的声调说，这样显得他刚才的严肃语气很可笑，“你看，我还是没给你倒茶，但现在我得出门了。我约了人。”

“你还会去咖啡馆吗？”

“今天应该不会。其实近期都不会去了。一个朋友邀请我春假去她家住。”这也不算是撒谎。前一天晚上吃完饭时，希拉说过：“你要是愿意，随时欢迎来我这里住几天。别一个人伤心难过。”

“啊，那我们就见不着面了。新闻焦点已经不在我父亲身上，我再过一两天就要走了。而且说实话，我觉得我在这儿会害得我外公外婆没法好好社交。”

“嗯，那好吧。我很高兴我们把话说开了。”她把背绷得紧紧的，站得笔直。

“我也是。那么再见了。感谢你这个咖啡好伙伴。”他上前一步，有些僵硬地伸出双臂。他们接下来的动作不太像是拥抱，更像是两个身体相撞了一下又分开。他微笑着把她面前的头发撩回脑后，动作亲切得就像和她从小一起长大般。她看着他穿上长靴，扣上外套，又微笑了一下，转身准备走。他的手伸向门把手，接着又顿住了。

“伊丝玛？”

“嗯？”希望仍旧在她的血管中流动不息。

他从厨房餐柜上拿起一个软内衬的信封，里面是M&M巧克力豆——街坊间流传着一个经久不息的笑话：纳西姆阿姨在20世纪80年代去美国度了个假，从此就对美国糖果欲罢不能。

“这是你上周带去咖啡馆的那个包裹吧？你是不是本来想去邮局寄的？”

“别再提这事了。”她说。

他把信封夹在胳膊底下。“我去伦敦帮你寄。”

“不用了。”

“真的没关系。这样省钱省时间。”

“好吧，那多谢了。”

“再见，姐妹。”他眨了眨一只眼，接着跨出去，关上了身后的门。

她跑上阳台。片刻过后，他走上了街，正活动着双肩，好像离开她有种如释重负的感觉。他头都不抬，大步流星地走了。

伊丝玛跪在积雪泥泞的阳台上，啜泣起来。

艾蒙

Eamonn

03

拥堵的北环线路上方，一艘皮艇高高划过，两只鸭子在它身后的涟漪里嬉戏。艾蒙在运河畔的小道上停下，朝栏杆外眺望，视线所及之处全是排成长龙的汽车。这些年他每次乘车来这儿，都把这条高架渠误当成一座桥，浑然不觉运河船和水鸟正从头顶经过。伦敦这座城市总是别有洞天。他在手机里输入“北环线上方的运河”几个字，层层点进链接，很快找到一段画面，是1939年爱尔兰共和军在桥上放置一枚炸弹的新闻。当主播详细解释起这座桥一旦被炸毁可能发生什么情况时，他点击了“暂停”，匆匆大步向前。

但在今天这样一个日子实在不适宜为局势安全忧心。刚进入四月，伦敦正值春暖花开——他走上小威尼斯的纤路时，树上的木兰花开得正烂漫。他沿着一片更荒芜的地带前行，杂草和灌木恣意生长，远处破败的工业设施在这些高大的草丛遮挡下时隐时现。再接着，风景又变了，变得更美，几乎如田园风光——河岸上有几只天鹅，树上是星星点点的黄色花蕾，一个男人和他的狗一起在运河船的屋顶上打鼾，天空铺染开一片蓝，点缀着几朵白色。他仿佛能看见伊丝玛走在身边，永远绷着一张脸，唯独被他逗笑时例外。不知下次她在伦敦时还会不会有联系。多半不会。虽然上次见面时解开了误会，但两人父亲间的旧事还是让他们的关系显得太奇怪。他试着想象这种心情：长大后才知道自己的父亲是个狂热分子，死得不明不白，死因还指向一种可怕的推断。但他的尝试失败了，因为实在不懂英国怎么会存在阿迪勒·帕沙这样的男人。

眼前的几栋高楼体现了“重生”这个词的含义。他在这里下了运河步道，很快来到伊林路，走过古尔卡超市、伽马清真肉铺、一间由石灰岩精细雕凿的印度寺庙，还有热闹的小店铺和饭馆。他无法确切地认出某一家店，但知道小时候肯定曾透过车窗许多次地看着这条街。每年开斋节前往艾蒙的伯祖父家之前，父亲都只会说一句“我们走吧”。他的母亲解释，这个假日“标志着我们全家不遵守斋戒的一个月结束了[1]”。每年到了这天，父亲都像变了个人，艾蒙讨厌这一点，而且知道母亲也一样。在一大家子的包围下，卡拉马特·隆恩彻底改换了话语体系，他的手势姿态和语音语调全变了——哪怕在说英语的时候。到了艾蒙九岁或十岁那年，开斋节正好紧随圣诞节之后，美国的亲戚都来了，每天都有跟表亲们外出的计划。于是，他们故意在圣诞节晚餐后提出了恳求。父亲同意了，“你们今年就不用去了。”然后便独自前往。第二年，情况变成了“你们想去吗？”，得到妻儿的否定答案时，他似乎也完全不介意。等艾蒙长大，开始对父亲的那部分生活感到神秘与好奇时，正好闹出了清真寺照片事件，为了减少损失，他们和家族彻底决裂了。

不远处正有一间清真寺，于是他回避地绕到了街对面，接着又回来，以免被人看出他在回避。人人都对他父亲的种族主义津津乐道，某些媒体又试图给他贴上极端主义者的标签　　然而，是伦敦的穆斯林群体先背叛了卡拉马特·隆恩，投票把他踢出局，全然不顾他曾为

1　依据穆斯林传统，开斋节标志着斋月的结束。应该是艾蒙一家人并不在斋月期间遵守斋戒，故母亲有此一说。

选民们谋得多少福利。而这都只因为他完全开明地表达了自己相比清真寺更喜欢教堂的习俗，还因为他说过，英国穆斯林若想得到其他民族的尊重，就要走出蒙昧时代。

站在大路上，沿街都是一镑店和典当行。不时抬头看一眼温布利球场上那条白色的彩虹，有种温馨的熟悉感。然后向北转到普雷斯顿路，眼前的建筑全变成了平头整脑的住宅。这些半独立式房屋中，随便哪一间都可能是他小时候开斋节下午待过的屋子。那时的他紧紧靠着母亲坐着，好像他们才是一个阵营。母亲却试图推他出去，她知道他更愿意去花园里和堂兄弟们打板球，虽然后者的邀请态度暧昧，处于纯粹礼貌和真心相邀的边界。他的妹妹却早就卸下了心理负担，会上楼去找堂姐妹，尽情投身家族团聚的欢乐，虽然这种欢乐会在他们回到荷兰花园的一瞬间荡然无存。人人都说她不愧是父亲的女儿。二十二岁那年，她在曼哈顿的投资银行界步步高升，用行动证明了这一点。

他偶尔也会想起父亲的家族，虽然记忆里只有见面时的疏离感。可是和伊丝玛在一起却唤起了他另一种感觉，更像家人的感觉。她尤其让他想起父亲最小的堂妹——有一次他在花园里摔倒磕破了皮，是这个姑姑在他的手肘上贴好创可贴，还留下一个治愈的吻。他心想，不知自己有没有反过来让她想起帕尔维兹呢？那个她只会顺口提到的弟弟，照片里那个漂亮姑娘的孪生弟弟。

他走过弯弯曲曲的街道，印象里，这条街覆盖乡村土路的时间似乎比人们想象的要晚。在这里，父亲和他的生活差别才泾渭分明起来，甚至比在伦敦西区时更明显。这才是卡拉马特·隆恩童年时代的伦敦，这里是那些有钱亲戚们的家，他们过着父亲也曾立志过上的生活。可那时的父亲只能坐在布拉福德的小公寓里彻夜准备考试，深夜是他唯一有空在厨房餐柜上翻开书本的时刻，那张餐柜既是饭桌，也是母亲做针线活的工作台。他对面的墙上是一张卡巴圣殿的大幅海报，信徒们在它的四周朝拜。最后这个细节是艾蒙从一张照片上发现的，它来自艾蒙一直羞于打听的父亲的童年时代，是当时留下的为数不多的东西之一。

最后，艾蒙来到了伊丝玛长大的街道附近，这里与普雷斯顿路的一个商业路段相接。行至此处，他才尴尬起来，因为自己没有依言把包裹寄走。他先沿着普雷斯顿路逛了一会儿——经过一家犹太人开的面包房，旁边是一间伊斯兰书店，再旁边是间罗马尼亚肉铺——然后才再次掉头朝伊丝玛的街道进发。他有种挥之不去的感觉：在这一扇扇门背后，潜藏着他童年的片段——以及他父亲的片段——都是他一直迫不及待想忘掉的。他在一栋鹅卵石铺面的房子前敲了敲门，一个因年迈而身形瘦缩的老太太应了门，她身穿厚羊毛的夏尔瓦克米兹[1]，意味着她体内的气温仍然设定在另一个国度。

这一定就是老友兼邻居纳西姆阿姨了，伊丝玛那个在 LSE 读法律的妹妹也住在她家。艾蒙自称替伊丝玛捎了些东西给她，这句话让老太太敞开了大门，把手掌放在他的脸颊上贴了贴，接着边转身进屋边说："来，喝杯茶吧。"

墙上贴着阿拉伯文字，楼梯上铺着地毯，花瓶里插着塑料花。虽然炉灶上空空如也，厨房却飘荡着一股辛辣味。这一切将他带回到叔祖父的家，伴随着对难堪往昔的羞耻回忆。

他从书包里拿出伊丝玛的信封交给老太太，后者晃了晃便猜出里面是什么，开心地笑了："多贴心的姑娘啊，那孩子。你的茶里要不要放糖？"听了他的回答后，

1　夏尔瓦克米兹（Shalwar kameez）：一种源于南亚的传统服饰，夏尔瓦为下身宽松长裤，克米兹为上身长袍。

她又说："你们英国人，茶里总是一点糖都不放。我那几个外孙也这样。我女儿们呢，一半一半——一个放，一个不放。你是怎么认识伊丝玛的？你是做什么的？"

她被那个"一男子在无人的咖啡柜台前获救"的故事逗乐了，但听到他说要"休假一年"时又露出了不赞同的表情，于是他说，自己"应该还会回去当顾问，但或许会挑个更专精的公司"。"就是那种私人形象顾问？"她问。他愣了一下，把"顾问"和"专精"两个词凑在一起，才明白她何出此言[1]。听了他的解释，她大笑起来，用力拍着他的手表示开心，于是他也笑起来，真希望自己也有这样一个 Dadi——奶奶。艾蒙的奶奶在他出生一年前离世了，她的丈夫——一个卖报纸的小贩——不久后也随她而去，"无望的死"，艾蒙的父亲这样解释。

很快，她就给她煎起了萨摩萨三角饺，好像一心要坐实某些刻板印象，同时，他正在她的指导下舔着一根线的一头，把它往针眼里穿。她是五十年代从古杰兰瓦拉搬到伦敦的，她说；他的祖父母从锡亚尔科特来，他

1 "专精"boutique 一词可以形容业务范围小但专业性强的公司，也可解释为时尚精品店。

说。不，他不会说旁遮普语。不，乌尔都语也不会。“只会英语？”还会一点法语。她说：“我父亲在一战中参加过英印军。他在法国待了一阵子，被安排住在当地一户人的家里——那家的儿子和丈夫都去当兵了，和他同住的都是女人。Je t'adore[1]，很多年后他经常对孩子们这么说。他死后，我总想这些词是谁教他的。来，伸胳膊。”原来穿针线是为了他。她早就注意到他袖子上那颗松脱的纽扣。她一边弯下腰给他缝上，一边还在唠唠叨叨，他意识到，自己正盯着她头发上被染黑的那条分界线。“Shukriya[2]。”这个乌尔都词语让他有点舌头打结，他想了想，似乎又很有必要地加了一声“阿姨”，换来的则是她又一次拍了拍他的脸颊。他以为她的这份慈爱和慷慨都发自巴基斯坦人出名的好客之情——每当他父亲后悔让孩子们过得太“英国”时，都会感叹起这点（而艾蒙的母亲则说“这种品质听起来好，但你真遇到了又会说这是无法容忍的侵犯隐私”）；但接着她说道：“那么，是伊丝玛让你来看我们的。”

他放下了萨摩萨三角饺，显而易见，这次招待建立

1 法语，意为“爱你们”。

2 意为“谢谢”。

在了错误的假设上。“也不算。其实不是。我告诉她会把包裹寄过来，但今天天气那么好，我就想可以多散散步，亲自交给您。”

“你走过来的？大老远从诺丁山走过来看我们？”

“走走路也不错。我喜欢在伦敦发现新角落——就今天来说，发现了运河。”这招似乎很有效，他不着痕迹地解开了误会。

“噢，她告诉你她有多喜欢沿着运河散步了。”他拿起一个三角饺咬了一口。以后她们聊起来时，伊丝玛会纠正她的——他毫不怀疑等自己一离开，纳西姆阿姨就会拿起电话打给她。“你知道，我是看着她出生的。她的奶奶是我在伦敦的第一个朋友——我们那会儿住在大路对面，真是今非昔比啊。那时候根本没别的亚裔。有一天，我在街对面看到一个穿夏尔瓦克米兹的女人。我跑过去，在马路当中抓住她的胳膊。我们就在那儿聊了好久，到最后我丈夫都出来找我了。后来我家搬到了这条街上，就跟他们说，你们也来吧，我们不能再分开了。于是他们也来了。伊丝玛就在这儿出生长大。她这一路吃了多少苦头啊，那么小的年纪就要照顾一对双胞胎。现在也该有人来照顾她了。”

他正要陷入更深的尴尬时，楼上的一阵脚步声救了他。

“我们来客人了，一个好小伙子。伊丝玛让他来的。”脚步声又退回楼上，老妇人压低了声音，“是安妮卡，她要收拾好再下来。我年轻那时候姑娘们分两种：要么裹起头，要么喜欢涂脂抹粉。现在的人样样都不落。”

他本来已准备离开，此时又伸手拿了一块三角饺。几分钟后，脚步声又传来了。进来的女子比他在照片上看到的更小一点，堪称娇小，也没有他在照片上看到的狡黠感，但丝毫不减美丽。艾蒙站起来，接着意识到自己的手指还沾着油——他发现自己已经在考虑怎么用这几根手指解开她脸上的白色希贾布了。她朝他打了个招呼，脸上的疑惑充分说明伊丝玛有多不可能派他这样的人来见家人。老太太介绍他时没说姓——他也只告诉了她名字——安妮卡仍旧面沉如水。

“是E打头的名字，不是A，阿姨。你是艾蒙·隆恩吧？”

“伊丝玛和你说起过我？”

“你来这儿干吗？你为什么会认识我姐？”

“他是在北安普顿认识伊丝玛的，在咖啡馆里。”老太太说着走到艾蒙身旁，一只手搭在他的手臂上，抱歉地望着他——不只为了女孩的态度，也为自己在听到女孩说出他的姓时失望地“噢”了一声，“他从伊丝玛那里带了M&M给我。人家从诺丁山沿着运河一路走过来的。”

漂亮女孩看了看信封上伊丝玛的笔迹，又看看他，一脸的不解。

“这一路收获不少。原来北环线上面有条沿着高架渠流动的运河，我还是第一次知道。1939年的时候，爱尔兰共和军企图炸掉它，那会把整个温布利淹掉。”他不知道最后这个细节是不是真的，但他想讲点有趣的事，好让眼前的女孩知道她姐姐愿意和自己一起喝咖啡不是没有道理，他虽然和这间厨房、和伊丝玛的生活都显得格格不入，但绝不是那种纨绔子弟，“你可以看到新闻视频，只要搜一下‘北环线运河爆炸’或者类似的关键词就行。”

“是啊——如果你是个GWM，那就厉害了，对不对？”

“我不知道那是什么。”

“‘上谷歌的穆斯林[1]’。阿姨，伊丝玛跟你提起过

---

1 原文为Googling While Muslim：穆斯林的谷歌搜索记录会受到特殊监控，搜索爆炸等信息会有风险。

这个人吗？”

“我们何不现在打个电话问她呢？”纳西姆阿姨轻快地说。而女孩正每一秒都愈发不耐烦起来，“请别老想着哄我跟她说话了。反正我现在也要出门。隆恩先生，既然你已经把巧克力送到了，可以跟我一起离开。”

在阿姨的抗议声中，他跟着女孩出去了。她沉默地一路走到街道尽头，接着脚下一个急转，正对着他。

“这到底是怎么回事？”

“我真的不明白你的意思，”他举起双手，“我只是帮伊丝玛送个包裹。就像你……阿姨说的，我们是在咖啡馆里认识的，在马萨诸塞州。我们交了个朋友……算是吧。海外遇同乡嘛。”

一个穿着大红色外套的男人走来，那外套看起来已经几年没洗了。男人在安妮卡身边停下，递过来一团脏兮兮的毛皮，“你见过我的猫了吗？”

艾蒙正想发扬他的骑士精神挺身而出，安妮卡却先伸手抚摸起那团蓬乱的毛，好像它是世上最光滑的貂皮。“我当然见过莫格了，查理。她跟我是老朋友了。”男人发出一声快活的声响，把那团毛塞进自己的夹克，紧贴着心口，离开了。

她再度把矛头对准他，冷峻的态度与前一刻的温柔相比分外惊心。“那也解释不了她为什么会让你来。”

“她没让我来，是我主动提出帮她寄的。”在这个女子面前，他无法想象该如何清楚地解释自己对于父亲不为人知的过往有多好奇，于是他改口道：“好吧，这有点难以启齿，其实是我看见了一张伊丝玛妹妹的照片，所以想亲眼看看一个人是不是真的可以那么美。”

她毫不含糊地朝他甩去一个厌恶的表情——这也是他活该——然后一言不发地大步走远了。

—

轻轨驶离了普雷斯顿路站。他在座位上转过头，看着窗外铁轨边的房子。在一处宅院后墙和花园小屋的另一边，一个女孩飞起来，在空中悬停片刻，落下去，然后又飞起来。那是蹦床。女孩把身体张成一只海星模样，艾蒙知道她看不到自己，但还是举起双手学她的样子。轻轨开始加速，把普雷斯顿路抛在了身后，他继续盯着窗外。

当他终于转过头看向前方时，空旷车厢里远远站着的女子走过来，在他身边坐下。

“你一个人住？”

“是的。”

“带我去。”

—

说出这句惊人之语后，她从普雷斯顿路到诺丁山几乎一路都没再开过口。一开始，他试图用伊丝玛的话题来打破沉默，但她的回应显然说明她们的关系并非伊丝玛描述的那样亲密。“她有没有告诉你……”他刚开口，她就答道：“我才发现，伊丝玛没告诉我的事情多到可以列一条清单，长得超乎我想象。”于是这个话题再也聊不下去了。

从地铁站走路去他家的路上，她像个游客一样东张西望，他也为自己这个无业游民住在如此富有的社区而感到惭愧。这份羞愧在进屋后也无法减轻，因为出钱购买和装修这房子的都是他母亲。屋子中央的开放式空间连着厨房、卧室和用餐区域，面积足有两个游乐场那么大，逼得安妮卡问了句：“你真的一个人住这儿？”

他点点头，问她喝茶还是咖啡。她要了咖啡，随后就在他的大房子里逛起来，看他书架上的相框——全家福，毕业照，他的朋友马克思和爱丽丝的订婚派对照。

“这里面有你的女朋友？”她看着最后一张照片，抬起头问道。

他正远远站在房间另一头的咖啡机前，但那句掷地有声的“不，我单身”足以绕屋两周。待她回到厨房这头，在柜台前的高脚凳上落座，他问道：“你呢？有男朋友吗？”

她摇摇头，把一根手指蘸进咖啡泡沫里测它的厚度，没有看他的眼睛。你为什么要来这儿？这问题他好像问不出口，而且可能会把她气跑，这可不是他想要的结果，虽然当一个裹着希贾布的美丽女人沉默地在你家喝咖啡时，你也很难想出该要什么结果。

“伊丝玛更喜欢用包头巾。”他没话找话，聊起了她的裹头方式。

她解开希贾布上的别针，小心翼翼地把头巾叠好，放在两人之间的柜台上，接着又摘掉底下的包头帽，微微晃了晃脑袋。一头黑色的长发披散到肩上，如同洗发水广告的一幕。她期待地盯着他。

艾蒙知道当一个女人要求跟自己回家并开始宽衣解带时该怎么做。他对此情形并不陌生。但他不确定眼下是不是这种情形。可如果不是，又能是什么呢？

他前倾身体，一只手肘支着柜台，小臂越过两人之间的玻璃桌面，手心向上，伸向她的手。这个距离足以成为一个邀请信号，但又保持着刚好不经意的距离，以免太过尴尬。她一口喝完剩下的咖啡，用手背擦了擦嘴，这个动作微微弄花了她的口红。她把手搭在他的手腕上，皮肤上还沾着咖啡沫和唇膏的痕迹。他意识到自己的心正狂跳着，脉搏在为她贲张。接着，她终于微笑了一下，抓住他另一只手，隔着衬衫把它放在自己的胸口。这仍是个暧昧的信号，直到他醒悟，不，不是胸口，她正把他的手放在自己的心上，那颗心此刻也同样疯狂地跳动着。

“我们很般配。”她说。声音中的应允让此情此景熟悉而又陌生。

二

第二天早晨，他正把鼻子贴在沙发上，呼吸她的气味。家里所有物体的表面——墙壁、床、沙发——全都沾上了她的味道。他从一个地方到另一个地方，感官中仍旧全是她。

他环视一眼屋子。它怎么可能看起来跟昨天毫无二致呢？它应该就像刚被暴风席卷过一样。应该有打碎的花盆、撕破的窗帘、倾覆的家具。应该有什么东西来映射出他内心的动荡，映射这天翻地覆的变化。他站在镜子前，摸了摸肩上的抓痕，仿佛那是一片圣迹。至少还有这个。他把双手捧在脸前，深吸一口气。这是他独有的祈祷。

起初，她还有些犹豫和试探。他们接第一个吻时，她突然挣脱他，想重新戴上希贾布。可他的恳求还是让她留下了。事情开始往另一个方向发展：她似乎要向他证明自己是真心想留下，于是表现得像个青春期少女——那些女孩总认为她们理应献身给年长的男孩而不求回报，这一直让少年时代的他不知所措。于是他制止了她，让她明白不必如此，后来她说："你是个好人。"仿佛这是个意外之喜。两人开始像一对才相识的恋人一般，在时缓时急的节奏间发掘彼此——尝试、探索，从对方身上发现更多，再在此基础上创造。

拂晓时分他醒了，发现她已经从床上起来——那是他们昨晚的终点。在这个点听到淋浴声，他以为她准备不告而别。可等她从浴室里出来，脚步声却并未朝大门方向去。最后他还是从床上起来，走到客厅，发现她正在祷告。她用一条毛巾充当祷告毯，希贾布只是像围巾一样松松地围在头上，既没有精心别好，底下也没有紧裹着的包头帽。她好像完全没注意到他一样，只是微微转了转肩膀避开他赤裸的身体。他本该立刻离开的，却无法把目光从这个女子身上移开，眼前这个素昧平生的人正对着真主拜伏，而就在几个小时前，就在同一间屋子里，她也曾跪伏下来，为的却是另一个完全不同的目的。她就这么深深地沉浸在一个超脱了肉身与感官的世界，最后他只好回到床上，不知她是否还会回来。

她终于回来了，从脖子下面开始，一粒粒解开长袖衬衫的纽扣。“你刚才在祈祷什么？”他问。

“祷告不是做买卖，资本家先生。它是为了正确地开启一天的生活。”

“你为了真主还非得穿上胸罩？”他问。她正把纽扣解到更低处，被逗得跟他一起笑起来。“你觉得祂会不会受干扰？因为你的……干扰项？”

“你干什么都比你聊天要强。”

这话让他既得意又沮丧。他忍住没指出，同样的话也可以原封不动回敬给她。每当两人刚打开话匣子，她就喜欢头枕着双臂仰面看天花板，要不就背对着他打盹，脚掌抵着他的双腿，一个抗拒而又亲密的动作。他看着她继续脱衣服，直到身上一丝不挂，只剩下白色的围巾包裹着她的头，柔软布料的一端恰好垂在她的胸前，另一端绕在她的肩头。

“穿着它？”她问。他已经发现，她每次想出新花样时总是先以提问的方式抛出。他起先以为她在质疑他的欲望，但不是，她似乎很执着于听到“好”这个回答，要用渴望和需要的语气说出来。此刻他犹豫了，然而当她隔着白色的棉布触碰自己的乳头时，他的身体已经给出足够的反应。他向她伸出一只手，但她后退了一步，又重复了一遍问题。“好，”他说，“我要。”

现在，他从沙发上捡起那块白布，把它像遮羞布一样围在身上，一边捶打自己的胸口一边发出大猩猩的声音。她在离开前又戴上了那顶紧紧包着头的玩意儿，她管那叫“罩帽”，也不顾他评价这名字就跟“印度香茶”或者“印度薄饼”一样多余。她从他的客厅壁橱里拿出一条蓝色的围巾，开始围住自己的头部。“你为什么非要这样做？”他问。她把围巾的一头扫过他的咽喉，说：“这样我就可以选择把哪一部分露给陌生人看，哪一部分给你看。”他喜欢这个解释。虽然这违背他的意志，违背他的自我，但他喜欢这个解释。好一个傻瓜原始人。

早餐后，他们一起躺在沙发上，沐浴在一小块阳光里。不知是因为垫子的尺寸还是因为想到即将离开，她最后蜷缩进他的怀里，把脑袋搁在他的胸口。

“话说，伊丝玛，”他试探性地说道，“她提起你的时候，总是好像你们很亲的样子。”

一阵沉默，他后悔自己不该提伊丝玛。对于伊丝玛，这个拘谨、虔诚的姑娘，他有种奇怪的内疚感。她绝不会赞同他们在这里做的事。既然他能想到这点，那安妮卡一定也想到了。他把手指伸进她的秀发，如果她姐姐反对，她会不会再也不来见他？他把她抱得更紧了。

“我们以前是很亲，”她说，“但我现在再也不想看到她了。你还跟她有联系？”

“我走后就没联系了。但好像给她留了个言，说我去过纳西姆阿姨家了。怎么，你不希望我联系她？”

“如果我叫你别理她，你会听吗？”

“只要你开口，让我干再多离谱的事都行。”他轻轻碰着她手背上一颗美人痣，“但这件事，你还是别太高看我——她没有主动写过信给我。我们应该都有共识，我们只是假期里萍水相逢的朋友，没必要把这段友谊带到你的生活里来。”两人还赤身裸体地躺在一起，他感到现在没必要提起双方父亲的纠葛。

又是一阵沉默。接着她说：“等我走了，你还想再见我吗？”

“你这话是认真的吗？”

“如果我们要继续下去，那我确实希望你为我做件离谱的事。你要把我当成一个秘密。”

“这是什么意思？”

她把摊开的掌心贴在他的脸上，然后缓缓向下。“我不想跟任何人说起你，你也别跟任何人说起我。让我们成为对方的秘密吧。”

“为什么？”

“我对你的那些异想天开从来不问‘为什么’，对不对？”她说着，把一条赤裸的大腿滑向他两腿之间。

“噢，这也是种异想天开，对吗？”她开始摆动起来，在她的肌肤摩擦下，他已经心猿意马了。

“我不想我的朋友们老问几时能见到你。我不想纳西姆阿姨请你来吃饭。我不想让伊丝玛觉得她能利用你来和我对话。我不想别人对我们说三道四。我也不想你想做上述任何事情。你只需要想我，在这里，和你在一起。快说‘好’。”

“好。”好，好，好。

—

接下来的几天里，他才发现她所谓的“保守秘密”

意味着他没有她的手机号，没法在网上联系她（其实他搜过，但是没找到），也无从得知她何时来去。她会在一天的某个时间突然出现，有时候只待一会儿，匆忙得连衣服都来不及全部脱掉；还有的时候会留下来和他过夜。“保守秘密”是种春药，你守得越久，就越心神荡漾。每一分每一秒，她都有出现的可能。于是他出门在外时，没有一刻不期望回去；回到家时，每每幻听到门口的脚步声和门铃声，又没有一次不冲到大门口。很快，他发现自己失去了思考其他事的能力，脑中只有她。而且他想的不只是性，虽然那也没少想。他想的还有其他：她刷牙时专心致志的样子；她用几根手指轻击着洗脸池，数着上下和左右刷的次数；她习惯在冲澡前先喷一喷他的须后水，声称这会让须后水的气味留几分在沐浴液里，只有她闻得出来；她把脸摆出一副漫画表情——眯起眼睛，紧紧抿着嘴，皱起鼻子——这是她在吃蘸盐柠檬片，每天早茶的搭档；她一丝不苟地遵照菜谱，量取配料时用一颗牙咬着嘴唇，可同时还在夸奖他即兴发挥的厨艺；安妮卡用一条毛巾擦干她的头发；安妮卡跷着腿在高脚凳上坐稳；当他抓住她的双脚为她按摩时，安妮卡脸上露出满足的表情。

一开始，他很怕她有一天会再也不来了。她很善变，时而热情时而冷淡。有一次她甚至突然中途停下，不顾他惊愕地喊着“不，我不行”，飞快地穿上衣服跑了，拒绝作任何解释。他怀疑，是她的真主和祂的戒律让她想去否认一些她显然一点都不想否认的事情；他知道争论也没有胜算，所以只能保持沉默。他相信自己没有看错，倔强如她，绝不会让任何抽象的存在来制约自己的生活。

有时候，他也想过打电话给伊丝玛。他只是想找个了解安妮卡的人聊聊，想听到她的名字被提起。但安妮卡不希望他这么做，他也不想夹在姐妹俩的矛盾之间，而且他发现这矛盾还围绕着某些遗产继承问题。“有件东西应该是我的。她也算有份，但总体来说是我的。那是我们母亲留下的。可她从我手中抢走了。”虽然他无法相信伊丝玛会偷东西，但他可以想象她出于经济原因变卖了什么传家宝，并认为不需要和妹妹商量，毕竟伊丝玛有时候提起妹妹，就好像她还是个依赖父母的孩子。

“那你弟弟怎么说？”他问。

在艾蒙的印象里，这个弟弟帕尔维兹是个狡猾的幽灵，亦敌亦友。狡猾的印象来自安妮卡提及他的只言片语。在她的成长过程中，他是个不离左右的犯罪搭档，他就像个影子，时而一马当先，时而尾随其后，却始终与孪生姐姐相依相伴。他是个自省的男孩，虽然并不喜欢安妮卡的恋爱对象（“当然，总是找老家伙”），却帮她一起瞒着姐姐和纳西姆阿姨。他永远爱慕着安妮卡的这个或那个朋友，可对方全都坚称自己对他是兄弟之爱。（艾蒙对这种痛苦感同身受，这要拜他妹妹的童年好友蒂莉，一个有一双长腿和两片丰唇的姑娘所赐——“我不想知道这些。”安妮卡说，这算是弥补“老家伙”这个词造成的伤害。）但高中毕业后，他们就分道扬镳了。不同于安妮卡，帕尔维兹没拿到任何奖学金，也不想刚成年就背上一大笔债，于是索性追随英国浪子们的悠久时尚，出门旅行去了。至此，他便从她的故事里销声匿迹。

“我还没把伊丝玛干的好事告诉他。等他回来了我会说的。”

“那他什么时候回来？”

她耸耸肩，继续点击他电脑上的照片，浏览他从童年直到现在的生活——所有的家人度假、历任女友、他换过的每一个发型和时尚造型、他所有毫无防备的瞬间。

“我真的看不出你和他的关系有比你和你姐姐更好。”

她放大了一张照片，照片上艾蒙正一只手勾着父亲的肩膀，两人穿着同款T恤，上面都印着“孤星”[1]两个字。从笑容到站姿，处处能看出他们之间的相似。不像姐姐，安妮卡似乎不怎么在意他父亲的政治家身份，他有时候会想，这莫非是因为她父亲死时她还太小，没人告诉她卡拉马特·隆恩对她父亲的评论。

“他见伊丝玛要走，所以自己也走了。等他回来我就不再跟他计较，在那之前，我要先记着这笔账。”

他心想，一个十九岁的男孩想看看世界而不是在家跟姐姐作伴也无可厚非，为此埋怨他未免不公平。但接着，安妮卡点了下一张照片——隆恩家的父母子女团聚一堂，穿着《亚当斯一家》的万圣节戏服，在相机前极尽搞怪之能事——于是他提醒自己，从小没了父母的孤儿当然会对兄弟手足更加依赖，这不是他这种和妹妹既亲又疏的人所能理解的。

事实上，她身上还有很多他不了解的地方，大多数都是她迷人的部分。但有一天，就在他们第一次见面之后不到两周的一个早上，他是在愤恨中醒来的。前一天下午，他从街角的面包房回来，发现她在前门的公用信槽里塞了张小纸条，上面写着：“来过，走了。”他推掉

---

1 原文为“Lone Star”，也有“隆恩之星”的双关意。

了当晚的安排，以备她回来，但她没有。突然之间，他一直甘之如饴的“秘密”变成了一场令人疲惫的游戏，一切权力都握在她手里。冲动之下，他收拾了一周的行李，登上前往诺福克的火车，去了一个老同学家。开始的时候，一想到她一次次回到他家门口却发现人去楼空，他就很得意。他要让她也尝尝等待的滋味。但到了第二晚，他就趁主人睡着时打了个电话给父亲的私人助理，让他找个附近的出租车公司送自己回伦敦。

他快半夜三点才到家，昏昏欲睡地走上台阶来到门口，发现一个人影蜷缩在地上，把他的门垫卷着当枕头。他在她身边蹲下，她睁眼时露出的安心表情让他羞愧又激动。

两人一进屋，他就径直来到卧室，从架子上的一只瓷碗里取出一串钥匙交给她，说她想什么时候用都可以，不论白天黑夜。她把头靠在他的肩上，说：“别对我这么好。”他问她是什么意思，而她的回答则是一个吻，缓慢而激烈。

那天晚上，他们之间的一些东西改变了。第二天早上他醒来，听到安妮卡做早餐的声音，于是朝厨房走去。她放下手中正在榨汁的搅拌机，给他看自己列的一张时间表，上面标出了所有他不可能见到她的时段——

她在学校的时间，或者参加学习小组的时间，或者纳西姆阿姨要求的每周三晚上的家庭晚餐时间，以及每天下午的三点至五点。“这个为什么不行？”他问。她捏了捏他的肩膀，说：“让一个女人有她自己的小秘密吧。”

“好吧，好吧。那把周日下午也标上。”他说。

她在刚刚捏过的他的肩头吻了吻，“隆恩一家在荷兰公园的每周家庭聚餐。是不是特别彬彬有礼的那种？你们是不是都会说‘请’‘谢谢’‘抱歉’，还会聊天气？”

“你为何不抽个星期天亲自来看看呢。”

她后退了一步。她的身上只穿了他的T恤，紧抱双肩的样子原本很性感，此刻却显得柔弱。看来她确实知道两人父亲的事。他把她的手握在手中，为两人一起鼓气，相信他们可以完成这场无法避免的谈话。“我知道这对你来说一定不容易。伊丝玛告诉过我你们父亲的事，还有我父亲对他的评价。”

“你知道我父亲的事？”

“是的。”

“她为什么要告诉你？我们对谁都不说的。”

“如果你还肯和她说话，就能自己问问她了。”

她走开，倒出一杯果汁奶昔，把它放在搅拌机旁边，又回到他面前。她仍然抱着肩膀，看他的眼神里露出第一次见面时那种不信任。

“她还跟你说了谁？”

“什么意思？”

“不是‘谁’。我是说，还有什么。她还跟你说了我父亲什么？”

“没关系的。”他说着去碰她的手，“不会有事的。你连见都没见过他，没人会因为他而对你有看法。”

“连你爸爸都不会吗？”她在厨房柜台边的一张高脚凳上坐下，表情认真地看着他。

“他尤其不会。他常说，是你造就了你自己。”他耸了耸肩，“但如果你是他的亲儿子就不一样了，他会对你放任自流，哪怕你没有任何成就。”

“他对你很纵容？”

“没错。我妹妹更像他，所以也获得了他所有的期待。而我就这么娇生惯养，肆意妄为。”

“你介意吗？”

“很介意。而且你是第一个猜到我会介意的人。”

她用双脚盘住他的腿，把他拉近自己，“对于你父亲给我父亲的评价，我从来没怨恨过他。他说得没错——我们没有阿迪勒·帕沙确实会过得更好。但现在我介意了。因为每当我想起这件事，都会觉得他是个不近人情的人。我不喜欢你有一个不近人情的父亲。我希望你跟他不一样。”她说话时不停地吻着他，一个个轻柔的吻落在他的唇上、脖子上、下巴上，动作有些狂乱。

他退开，握住她的手。“聊聊这个没有坏处。你说得对，他是有不近人情的一面，尤其对那些背叛他祖国的人。”

“如果是你开口求他手下留情呢？”

“你想让我求他查查你父亲的事？”但她坚定地摇了摇头。不，她不想知道。她根本没把她父亲放在心上——是她的奶奶想知道自己的儿子究竟遭遇了什么，也许她母亲也想知道，也许还有伊丝玛。但不是她，不是安妮卡。她想了解的是他，艾蒙。她想在相册之外好好看看卡拉马特·隆恩的儿子是怎么生活的。

“他有政客的一面，但也有父亲的一面。他会为我做任何事。”

“那就好，”她的语气里多了些新的意味，他分辨不出，“这样就对了。”她伸出双手搂住了他，而他努力忽略心中那种如释重负的感觉——当得知她并不打算求他在内政大臣面前提起她父亲时。当然，如果他们的关系如他所苦苦期待的那样继续下去，那么艾蒙迟早还是要告诉父亲，自己和一个圣战分子的女儿搅在了一起。但现在不行，还不是时候。就让安妮卡的保密游戏尽可能简单地延续下去吧。

—

日子一周周过去。生活遵循着她设置的规则继续向前。在确定安妮卡不会来的时间里，他健身、购物，再顺道拜访母亲，免得母亲来拜访他。他辞退了家里的清洁女工，因为她也在他父母家干活。他解释说这只是暂时的，等他重新有了收入再请她回来——接着立刻又另雇了一个清洁工，雇佣信息是他在街角商店的窗户上看到的。他独自在家时开始学习乌尔都语，虽然很难，但每当增长的词汇量让她芳心大悦时，他就觉得力气没有白费。她还会帮他扩充词汇量，那是任何在线教程都不会教的词。她开始用邮件给他发一些有关合同法的有趣文章，两人都欣慰地发现，他短暂的职场经历让他对事物有了一些见解，这些都是她在课堂教材中读不到的。他们一起做饭，轮流担当主厨和副主厨的角色，配合得天衣无缝。与此同时，朋友们对他“双重人格生活”的嘲讽声也渐渐远去了，不再有人约他周末去乡间、周五晚泡吧、去公园野餐，以及在所有人住处半径两公里的范围内一起吃晚饭。他知道，这样一头扎进爱情、把朋友抛在身后是友谊的大忌，但如果现在再和朋友们混在一起，就好像又退回了浑浑噩噩的生活中。在安妮卡出现并成为他的焦点和方向之前，他的生活就是如此。

“什么时候你准备回来了，就告诉我们。”爱丽丝，他的前女友，他最好的朋友马克思的现任未婚妻，在一个周三晚上饱含同情地说道。那天，他在老地方和这群狐朋狗友聚会。在皮姆氏鸡尾酒的作用下，庭院里难看的家具也不那么扎眼了。酒过几巡，他才意识到朋友们以为他还在为失业消沉，而父亲蒸蒸日上的事业一定更加剧了他的挫败感。布鲁克格林的这场周中聚餐是爱丽丝发起的，日期由他来定，其实是为了帮他排忧解难。海伦推荐了个医生，可以不动声色地帮他开点药片；哈里邀请他参加一个泰晤士河上的划船俱乐部；威尔表示要介绍一个同事给他认识，对方相当“带劲”又绝不会要他负任何责任；爱丽丝提供了一个她家公关公司的职位；而马克思把一只手搭在他的肩上，提醒艾蒙，他其实很擅长倾听，就像他也很擅长转移话题一样。

“我爱你们所有人。”他说。这是真心话，他感到自己爱上了世间万物：爱这鸡尾酒，爱这家具，爱庭院里的小矮人雕塑，爱天空被夕阳铺上一条锦缎。“但我真的没事。只是在忙自己的事情，想低调点。”

“我不懂，”马克思说，“具有穆斯林背景的二十多岁无业男子突然改变行为模式，切断与旧友的联系，行事诡秘。而且，我们真能肯定他脸上的是傍晚的阴影而不是开始蓄须而留的胡渣吗？我们恐怕得通知当局。”

“直接报告给内政大臣吧，”哈里说，“至少他还在喝鸡尾酒，所以我们知道他还有回头的希望。”

他其实已经很少喝酒了。安妮卡并没限制他，但他第一次带着酒气去吻她时，她退缩了。即使后来他刷了牙，她还是说自己能闻到。“对不起，”她说，“我们做别的都行，但别吻我。”这让事情走向了唯一可能的结果。他向后靠进椅子里，看着这群朋友，试想自己带着安妮卡走进这间庭院——戴着希贾布、拒绝酒精、从温布利来的安妮卡。每个人都会表现得礼貌至极，但到了第二天的某个时候，马克思或者爱丽丝肯定会有一个打电话来说：“这姑娘挺可爱的。希望她不会介意我们的小幽默。”这伙人当中，还没有哪对情侣能经受得住这句“希望她不会介意我们的小幽默”。

“如果我真的脸上留着一把大胡子进来，你们会怎么办？”他一边说着，一边从鸡尾酒里捞出一片苹果，朝马克思丢去。

爱丽丝发出一声讨厌的轻咳，这是她的招牌动作，意在提醒马克思别接话，后者果真闭上了嘴。爱丽丝走上前，把艾蒙的脑袋搂进怀里，像哄孩子一样抚摸着他的头发。

“我们会把你摁住强行剃掉，亲爱的。真朋友是不会眼看你变成嬉皮士的。”这种故作俏皮的回答他以前也会觉得有趣，现在却感到厌烦。他厌烦她，厌烦所有这些人一成不变的劲头。总跟自己的同类混在一起能有什么意思呢?

他任由爱丽丝把自己的头贴在她几乎凹陷的小腹上，这样他的朋友们就能随意交换眼神。此间他一直在思考：安妮卡之前是爱丽丝。这身体，这双手，这气味。他们的关系结束后不到两个月，他就祝福了马克思，因为马克思也想拥有这一切，并且是认真的。他当时怎么可能以为自己的感觉是激情？甚至还有爱？在安妮卡之前，他只触到了感情的皮毛。而现在他爱得那么深，除了安妮卡以外，所有人都变得模糊缥缈，都只是浮于表面的可怜生物，他们的声音都在渐渐消退。

一

有时候，她会从他们持续的关系中“跳闸”。他只能这样对自己解释这种突然之间的转变，就像一只胳臂肘无意中碰到了录音机按钮，于是爵士乐戛然而止，音符停在半空。她会变得冷淡，或者低落，有时候还会愤怒。任何沟通的努力都是徒劳的。在一个格外古怪的夜晚，他凌晨醒来，看到她站在床脚瞪着他，脸上又露出那种难以捉摸的表情。当他喊她时，她说：“回去睡你的，就当这是个梦。”可他还是试着和她谈谈——既为了知道缘由，也是被自己毫无来由的恐惧激怒——结果她夺门而出，艾蒙不放心她的安全，只好穿着平角短裤和人字拖在大街上跟着她，直到她上了一辆经过的出租车。

几天之后，更糟的事情来了。那是个懒洋洋的下午，两人躺在厚厚的地毯上，给对方播放自己儿时最爱的歌，互相讲着成长中的故事。安妮卡在小小地嘲笑他，因为他认为自己的生活更“普通”，哪怕他有一对腰缠万贯还频频上报纸的父母。上次那个古怪夜晚留下的不快痕迹终于彻底消失了，两人都很高兴能回到彼此幸福的、傻傻的状态。她的嘴唇贴在他的手臂上，伴着音乐吹出喇叭一样的声响。就在这时，她的手机发出了Skype来电声。她经常不接电话，无论来电的是谁——看她有意露出的厌恶表情，他猜经常是伊丝玛——但即便如此，她听到铃声总得先看看屏幕。

“反正你也不会接的，别巴甫洛夫反射了。”见她爬起来，他假装伸手去抓她的脚踝。然而他懒得转头，因此没看到她拿手机的样子。接下来播放的是一首他很喜欢的歌，多年没听过了，他放大音量跟着唱起来。几秒钟后，他才意识到她离开了房间。他去找她，想为自己在她接电话时提高音量而道歉，她一定是为此才走的。

她不在大厅也不在卧室，但浴室的门关着，他可以听到门里传出声音，但不是他们通常说话的语气。他凑到门口，把一只耳朵贴上去。

“我正在搞定这边。”他听到她说。

说到最后几个字时，她的声音似乎向门靠近了。他退开，飞快地溜回了起居室。好久之后她才回到他身边，双眼充血，好像刚哭过，但其中还闪耀着狂热的光芒，那是一种他只在狂躁症患者或者嗑药过量的人眼中才见过的神态。

“你刚才在跟谁说话？”他问。

“你总有一天会知道的。”她突然笑起来，伸出双臂搂住他，“快了，真主保佑，就快了。”

她紧紧地贴着他，累赘又黏人。那一刻他可以想象自己不再爱她，可以想象自己让她带上她的秘密、她的距离感、她反复无常的情绪和没完没了的麻烦滚出他的生活。但接着她抽身出来，用一只手遮住双眼。当她再次望向他时，又成了那个安妮卡。

“我是不是有点疯？”她说，“对不起，别跟我计较，求你了。”她用手背贴着他的脸颊，他以前从未得到过她这样的抚摸。他低下头，抵着她的头，那一刻，两人之间的爱使得一切障碍皆可战胜，包括她心头的壁垒。

04

艾蒙窝在白色的沙发垫里，听着窗外的雨声，正观看一个男人在列车顶上舞蹈，宣称——用的是乌尔都语，下面配有字幕——如果你的头脑笼罩在爱情的影子里，那你的双脚一定正立于天堂中。在平时，艾蒙一定会跟着一起唱起来，并争取在安妮卡到来时弄对发音，但今天，他肩头的担子有些沉重。他退出视频，又回到刚才的新闻界面。新闻是他父亲在布拉德福德一所穆斯林学校发表的演说。卡拉马特·隆恩本人也是该校校友之一，他们另有两名二十多岁的年轻校友，年初时刚在叙利亚的美军空袭中身亡。画面上，他手中没有讲稿，也无视演讲台，而是站在了讲台前方的舞台中央。他系着母校的领带，让人无法不注意到他的外表与投射在身后屏幕上那个当年的优等生几乎没有变化，只是鬓角多了一片灰白，脸上的神情多了深邃。“没有什么成就是这个国家不允许你们获得的——奥林匹克奖牌、板球队队长、偶像明星、真人秀王冠。如果上述这些你们都没得到，至少还能当个内政大臣。你们，我们，都是英国人。英国认可这一点，你们大部分人也认可。但如果你们之中还有谁对此抱有怀疑，让我这么说吧：别把你自己割裂开来，包括你的衣着、你的思想、你那些死守不放的过时行为、你忠心不二的意识形态。因为，如果你这么做了，你就会被区别对待——这不是出于种族歧视，虽然歧视仍然存在，这是因为，在我们这个多种族、多宗教、多元化的联合王国里，你坚持要与别人有所区别。看看你为此错过了多少机会吧。”

包含以上陈词在内的这场演讲已经发布超过二十四小时了，媒体的热度却几乎丝毫未减。除了极度边缘的党派，整个政界都将这位内政大臣捧上了天，因为他的直言不讳、他的磅礴激情，以及他的无畏精神——他既直面了本党派的反移民态度，又抨击了自己出身社区的隔绝文化。＃你们我们都是英国人＃的话题刷爆了社交媒体，＃狼群和它的亚裔支派＃ ＃狼群＃的标签也一炮而红。“未来的首相”这几个字满世界飞。

一个月前的艾蒙会为此而自豪。可现在，他脑中却像在播放一段录像：画外音是他父亲的“别把你自己割裂开来，包括你的衣着……”画面却是安妮卡一帧一帧从她的祷告毯上站起来，走进他的怀抱，一路脱去身上的衣服，直到只剩下一条希贾布。而这样的画面也无法揭示她身上最震撼的东西：她那颗专注的心是如何从她的真主身上完全转移到他的身上，一切都发生在这几步之遥的时间里；而且，她对自己的这一切都浑然不觉——她的爱和祷告，她被包裹住的头部和裸露的身体。

他听到开门的声音——安妮卡进来了，在走廊上大声说要冲个澡。现在，即便她没有如期而至，他也不再有那种恐惧感，或者说，当她出现时也不必再松一口气——他开始接受这个事实：她是想和他在一起的。这种快乐朝夕伴随着他，让每一刻都焕发光彩，甚至是此刻，当他正四仰八叉地瘫在沙发里，听着雨珠的不同声调——打在窗上的，击在树叶上的，落在砖墙上的。在安妮卡的陪伴下，他学会了倾听世界的声音。“听那个。”一开始她喜欢这么说，语气介于命令和疑问之间。很快，他也找到了主动说这句话的乐趣。听那个，我们从未一起走入的伦敦：割草机“咔咔”碰撞着花园边缘的卵石；不同重量的车辆碾过了街道——摩托车“嗖”地疾驰而过，货车缓慢地隆隆驶过；醉醺醺的英国情侣与浸润着咖啡因的意大利游客的嗓音相映成趣。听那个，床架发出高低起伏的嘎吱声：你离开时那失望的短促呼喊，你回来时那满足的长长呻吟。听那个，你触碰我时，我渐渐急促的呼吸和开始奔腾的血液。在她的催促下，他开始录下她不在身边时的点滴片段，再播放出来让她辨别。把这些声音连接起来，就能复述出她不在身边时的生活：地铁站闸机的开开合合；母亲的修枝剪在玫瑰园的花梗间擦碰；父母家新造的小屋的门重重关上；一排男人在健身房的跑步机上陷入不明所以的速度和耐力角逐；他和乌尔都语交互教程的对话；他想念她时用手将自己带向高潮。当他问她为什么不把自己的生活片段也带来，她耸耸肩，说他不能只借鉴她的规则，得自己想个游戏出来给她玩。可他想不出该怎么做。

她走入房间，穿着她蓝白条的睡袍，手上抱着一团湿衣服。“你淋雨了？”他说着走过去吻她，她几乎立刻躲开了他，举了举湿衣服作为解释。等她把它们全丢进烘干机之后，才坐在厨房柜台的高脚凳上，他走上前，用毛巾帮她擦干头发。

“会有人因为希贾布给你难堪吗？”他问。

她把头向后靠在他的胸口，抬头看他。“如果你是个十九岁的女性，不管穿什么都会遇到这样那样的难堪。大部分都不足为道，但有时候发生的一些事会让人们变得更不友好。譬如恐怖袭击中死了欧洲人，再譬如，内政大臣提到了某些通过衣着把自己隔离开来的人。诸如此类。”他没说话，只是将她的一把头发拢在手里，一边往下捋一边挤，水滴落在两人之间的木地板上。

“还有，我冲澡也不是因为淋了雨。地铁上有人朝我吐口水。”

“有人什么？”

她在椅子上转了个面，“你父亲发表了那种演讲，你会怎么跟他说？你会不会说，‘爸，你让这个社会名正言顺地去羞辱衣着不同的人’？你会不会说，‘什么样的傻瓜才会站在一群十几岁孩子面前教育他们要符合主流’？你会不会说，‘你为什么不提身为一个穆斯林，这个国家还会让你获得拷问、引渡、未经审讯的拘留和机场审问，在你的清真寺里安插眼线，当你的孩子提出想要一个没有英国式偏见的世界时被老师报告给当局’？”

“等等，等等，打住。我父亲绝对不会……”两人第一次见面之后，他再也没听她说过这种话。上次她那番“上谷歌的穆斯林”的评价早就被抛诸脑后，直到此时他才想起来，“你以为他不知道要打击种族主义者吗？他想让你这样的人少受他们欺负，不是要火上浇油。这才是他说这些话、做这些事的原因，虽然话说得不好听。”

一个带着苦涩的微笑。“‘你这样的人’？”

“那是我口误。”

“不，我不认为是口误。这世界上有我这样的人，也有你这样的人。这我早就明白了。你以为我为什么要搞保密这一套？如果你把我的事告诉你的家人和朋友，我在你的生活里连五分钟都待不下去。”

“我知道。”他的坦诚让两人都吓了一跳，“但那是以前。现在，就算全世界要把安妮卡孤立出来，都不用怀疑我会站在哪一边。或者跪着也行，我现在真的愿意这么做，但不知道你有没有准备好接受我这么做。”

“做什么？”

“我刚刚提出了向你求婚的请求。”

一时间，他觉得自己犯了个可怕的错误，安妮卡看着他，好像他说了全世界最疯狂的话。可接着，她的嘴唇贴上了他的嘴唇，他的双手触碰着她沐浴后温暖的肌肤。这个世界上他最想要的一切都在这里、在此刻：这个女子，这种生活，这份圆满。

二

他们还不至于占用公共绿地，但艾蒙卧室的窗前有一块伸出去几英尺长的屋顶平台。住在这里的四年间，他都没能把这块空地改造成阳台，现在，它已成为了天气好时的休憩胜地。在安妮卡的小小推动下，他买了好几棵高大的植物——仙人掌、辣椒、金橘——他们把植物放在屋顶平台的边缘处，虽然它们挡住了楼下花园的视野，却让这块露天空地有了私密性。

在那场“提出求婚的请求”——她喜欢这么称呼——的第二天早上，两人坐在屋外，正在剥做果酱用的樱桃肉。阳光直射下来，力度丝毫不逊昨天那场雨。艾蒙穿着一条卡其布的短裤，安妮卡又穿上她那件蓝白条的睡袍，此刻把它提到了膝盖以上。两人盘腿坐在坐垫的边缘，混凝土地面温暖着肌肤。那块垫子的颜色简直看得人眼花，是她故意用来抗议艾蒙的冷淡风格公寓的。两周前她带来了这块垫子，在她的怒视下，他没敢说出一个事实：她正在他的领地上宣示自己的主权，一如他起初就希望的那样。他往嘴里放了颗樱桃，想去吻她，把樱桃传到她的嘴里，但最后还是就这样看着她，欣赏她剥樱桃的样子。显然，她对这个能把果肉完美分离的樱桃去核器非常满意，虽然不到一个小时前，她还嘲笑只有钱多得没处花的人才会买这玩意儿。“这就是一个樱桃去核器，用来去樱桃核的。怎么就穷奢极侈了？”她的回应则是拉开厨房抽屉，把里面的宝贝一件件取出来——“樱桃去核器用来去樱桃核，大蒜削皮器用来削大蒜皮，土豆捣碎机用来捣土豆，柠檬剥皮器用来剥柠檬，苹果去芯机用来去苹果芯。”她冲他一笑，“你真正需要的只有一套简单的刀具和一点点动手能力。”但现在看看她，正用手中的小工具把樱桃核干干净净地压出来，每剥一颗就满意地轻哼一声。她将一大把深色的头发拢起，在颈后松松地编成一个结。他很想伸手拉一把，看它们披散下来的样子。

“不管你在想什么，答案都是：等我们剥完樱桃再说。”

他咧嘴笑了，伸出一条腿搁在她的膝盖上，触到了她的大腿。然后他拿起自己在用的小刀，把它插进樱桃，再用大拇指把里面的核弹出去。“这让我想起十岁还是十一岁那年在托斯卡纳的暑假。樱桃和意大利冰激凌，我和我妹妹一整个夏天就只吃这两样东西。至少我印象里是这样。”

“人们出门度假一般都做什么？除了吃樱桃和意大利冰激凌以外。”

“你难道从来没……？”

“去过一次罗马，在我母亲去世的前一年。她工作的旅行社给了她几张免费机票——但那感觉不像度假，更像是学校旅游。她认为我们景点看得越多越好，钱花得越少越好。”

“你妈妈是个什么样的人？”

“心力交瘁，一直如此。她就是因为这个才死的。伊丝玛说她以前不是这样的——那时候我爷爷还活着，能负担水电账单，我父亲也还没变成恐怖分子，我们也不会因为对错误的人说了错误的话就被赶出家门。”

“我真想不出你小时候是怎么熬过来的。”

“我以前倒不觉得这是种煎熬，直到她死了。你能在其他一切遭遇中活下去，只有死亡不行。死亡需要你从中走出来。”她笑了笑，耸耸肩，“但话又说回来，从来没人说过我错失了有一堆樱桃和意大利冰激凌的暑假。我要是早点知道，一定会更加愤愤不平。”

“嗯，我们应该一起出去走走。等你一放暑假就出发。”她给了他一个愤怒的眼神，他已经习惯了，每当他提出任何需要离开这间公寓的建议时，就会收到这样的眼神。“拜托，我们也是时候融入世界了。如果你想要个简单点的开头，我们可以绕过我父母，先从马克思和爱丽丝开始。还有你是不是可以告诉伊丝玛了？连你那个弟弟也可以说了吧？”

“还不行。”她说。

他赌气地往碗里丢了一颗樱桃核，结果用力过猛，樱桃核弹出去落在了安妮卡的睡袍上，在白色横条上留下一道深红色的印记。

“我们还是继续假装玩游戏吧。”她说着，把樱桃核轻轻弹到赤裸的腿上，“谁需要别人呢？谁要离开伦敦去度假呢？我们想要的一切都在这间房子里了。”

“我才不要一个夏天都耗在这儿。你也不要。跟我一起去托斯卡纳吧，或者一起去巴厘岛。你不想要别人，没问题。我们就找个偏远的小岛。”

“如果我们企图一起出国，你父亲手下那些人会知道的。”见他一脸不解，她解释说，“MI5，他们会监听我的电话，监视我的短信，查看我的网页浏览记录。如果我跟内政大臣的公子一起登上去巴厘岛的飞机，你想他们会认为我是无辜的吗？”

她前一天表现出这种穆斯林式偏执时，他除了辩护几句之外并没别的感觉，这足可见他是真心爱她。他温和地说："亲爱的，我可以发誓MI5没有因为你父亲而监视你。"

"我知道。他们监视我是因为我弟弟。从他去年跑到叙利亚拉卡时就开始了。"

"我不明白。"他下意识地说道。

"不，你明白。"

他摩挲着自己腿上留下樱桃汁液的位置。每当大脑在颅骨里罢工时，他就会做这个动作，虽然这对他想要寻找的答案毫无帮助。

"他也去参战了？"

"帕尔维兹？参战？天哪，不！他和他们的媒体单位在一起。"

他们的。那面黑白旗帜底下，那些操英国口音的男人站在那里，把人头从肩膀上斩落。而那个媒体单位，拍摄下了全程。

他站起身，来到屋顶的边缘。这是他能到达的离她最远的地方。他这一生中从来没有过这种感觉——愤怒？恐惧？到底是什么？够了。他飞起一脚，踢倒了金橘树。接着又猛挥双手，打翻了仙人掌。金橘树笔直地掉下去，花盆在地上撞得四分五裂，那一瞬间，盆里的泥土还保持着被根系紧抓的形状，可接着，整株植物就向前摔散了架，金橘滚得院子里到处都是。相形之下，那盆仙人掌在空中翻了几翻，头下脚上栽在地上，这形象竟前所未有地像个人，正四仰八叉地摔了个倒栽葱，脖子折断成了两截。

他这时才意识到，公共绿地上的人们都抬头看着阳台上这个发了疯的男人，穿着睡袍的女人走上前，抓住他的手，拖着他朝窗户走去。他没有反抗，可一回到屋内，他立刻甩开她，大步走向厨房打开一瓶啤酒，两大口饮尽，眼睛始终盯着她。

"要干仗就像个男人样，别跟小孩似的。"她说。

"这条箴言在你家是不是父子相承？"

这句话可怕地回荡在充斥着啤酒味的空气中。

他放下酒瓶，坐上一张高脚凳，看着自己双手上的樱桃汁痕。敞开的窗外传来一阵大呼小叫，那是他的邻居正出来看他对自家露台的暴行。安妮卡在他对面的高脚凳上坐下，狭长的房间在她身后一路延伸，其中布置着各种品位不俗的陈设：天花板上的射灯，价格不菲的艺术品。这些全是他母亲的心血。这屋子的每个部分都贴合得天衣无缝，除了她，这个他放进家门的女人。

"他想回家。"她说。

"他还是滚得远远的，留在自己选择的沙漠里，不好吗？”

“求你了，艾蒙。”

“求我什么？噢，天哪。”啤酒瓶盖的锯齿状边缘嵌入了他的拇指，深得沁出血来，“你那天为什么要跟我这个内政大臣的儿子一起上地铁？”

她拉住他的手，把他的拇指放进自己口中，吮吸他的鲜血。他说着“不”字，把手抽了出来。

“我上地铁是因为觉得你长得好看。”

“少来这套。”他一巴掌拍在厨房柜台上，拍得水果碗跳了起来，安妮卡也跳了起来。

她用低得几乎听不清的声音说道：“我上地铁是因为我觉得内政大臣的儿子可以帮我弟弟回家并免受起诉。”

从来没有这样痛过。“所有一切都是为了这个？”

“不！”她试图再次去抓他的手，却直接被他一把推开，“我知道你不会相信我，但事实是……事实是……”

“给点面子，别扯什么‘我们第一次接吻时我就爱上了你’这种鬼话。行行好。”

“你就是希望，”她只说了这几个字，“在世界一片黑暗的时候，你出现了，浑身都发着光。有谁会不爱上希望呢？”

“这份爱完全建立在让你弟弟有利可图的希望之上。”

“如果我对你不是真的，这几个礼拜我不可能做这些事。信不信只能由你。我现在说什么都没用了。”

“滚出去。”

她走了，一句话都没再多说。他能听到她在他们的——他的——卧室里，可以清晰地想象出她解开浴袍、弯腰拉开抽屉取丝绸内衣时的身体。他穿上一件衬衫，拿上扫帚和畚箕下楼，敲响了邻居的门。他不小心弄倒了盆栽，他对拉希米太太解释道，同时惊讶自己的声音听起来竟那么淡定，没错，他没有一起掉下去算他走运，对，她早就警告过他应该修个像样的阳台，否则这种意外还会再次发生。在她的埋怨声中，他仍然坚持帮她那毫无怨言的丈夫一起清理了露台上的狼藉。陶盆的碎片和土块散落得到处都是，尽管他积极主动专心致志地干活，打扫工作还是比想象的要久。那棵金橘树还有救，拉希米先生说，但仙人掌，这株可怜的植物，只能回收做肥料了。接下来，他们发了一通市政提供的堆肥箱竟然如此之小的议论，艾蒙在其中投入了极大热情。然后他们又聊起了金橘——有一种波斯的陈皮炖菜非常适合用金橘来做，拉希米太太说道。艾蒙告诉她，诺丁山有句老话：“如果你把一棵树掉到了邻居家的露台上，那树上的所有果实都理应归他们——尤其当他们愿意因此不起诉你时”。连拉希米先生都听得动了心。艾蒙想起了做一个社会人的感觉有多么轻松，他可以很受欢迎，周围都是单纯率真的人。

最后，拉希米先生说他要回去看板球总决赛了，问艾蒙愿不愿一起来。艾蒙答应了。他仍没有听到她离开屋子的动静。

“我刚来英格兰的时候还是个学生，那时就下决心要好好了解板球，这样才能跟高深莫测的英国人打成一片。”拉希米先生边说边领着艾蒙来到放着电视机的房间。他一根手指按在嘴唇上，另一只手从迷你冰箱里拿出两瓶啤酒，递了一瓶给艾蒙，“然后我看到了伊恩·博塞姆这样的人，才发现英国人并没有他们向世界展现的那么深沉。而说到你们巴基斯坦人啊，你们的腿侧轻扫和曲线球是一绝。”

遇到有人这么说时，艾蒙通常的反应都是“我从来没去过巴基斯坦”。可他现在不想说这个。

拉希米太太走进来，从丈夫手中夺过啤酒瓶，换上一杯酸奶状的东西。拉希米先生用波斯语说了句什么，抗议的语气中带着亲密。他们是三十多年前结婚的，当时顶着双方家人的压力——在拉希米先生的家人眼中，他们之间的阶级差距比其他任何鸿沟都更难以逾越。你还不如去伊拉克娶个逊尼派。他的母亲说。可就是这位母亲，眼下已经在伦敦待了好几个月，逢人就说她哪个儿媳都比不上这个对自己好，哪怕自己一开始待她那么恶劣。

艾蒙站起来，向二人道歉。他得走了，他说。二位的热情好客让他忘了自己还约了人。他拔腿就走，留下拉希米夫妇坐在电视机前，拉希米先生喝起了艾蒙的酒，拉希米太太则小口小口地喝着她从丈夫手上收缴的那瓶。

他一步两级地跨上楼梯，喊着安妮卡的名字打开门。没人回应，他以为她走了，但接着就看到她坐在他们的床沿上，身上仍穿着那件弄脏的睡袍。

他在她身旁坐下，这次却保持着距离。她朝他伸出手，手里握着她的手机，主屏幕还是出厂设置的墙纸，上面加了密，确保任何没有密码的人都看不到来电和短信。她输入密码，划出一张照片。一个戴着头套式耳机的男孩正对着相机镜头，脸上笑得灿烂，双手竖起了大拇指。他的肤色和纤细的骨架都跟安妮卡如出一辙——这样的外形让安妮卡显得像一只凶悍的黑豹，却让他看起来更脆弱易碎。他的双眼很沉静，肩膀瘦弱。如果他和姐姐们站在一间屋子里，你的目光会直接越过他去注意安妮卡的美，以及伊丝玛的端庄。“这是帕尔维兹。”她多此一举地解释道，一边微微靠向他。“我的孪生弟弟。过去这六个月里，我每天都在为他揪心。现在他想回家了，可你父亲毫不留情，尤其对他这样的人。所以我接不回我的弟弟了。我实在不知道该怎么办……一半的我总是在他身边，想着他是否还活着，在做什么，已经做了什么。我累了。我想留在这儿，全身心地留在这里。和你在一起。”

这话像是她仍为控制他所说。这话像是她真正爱上了他，所以才说的。

“你以为婚姻体现在大事之中，”拉希米太太说过，“但其实都是些小事。你们能忍受为了家务活一次次吵架吗？你们能适应对方看不同电视节目的习惯吗？”

他想起安妮卡拉开他的厨房抽屉，嘲笑去樱桃核用的樱桃去核机，挖苹果芯用的苹果去芯机。一件件小事正搭建起两人之间的生活。

“我把一切都毁了，是不是？”她问。

他伸出一条手臂拥住她，吻了吻她的头顶。“没有，”他说，接着感到她全身都放松了下来，他自己也一样，“把你弟弟的事情都告诉我。”

—

母亲已经警告过他，由于布拉德福德演讲引发了关注，因此他们会加强安保。但看到花园尽头原本是树木的地方如今站着一群要员保护组的警官，他还是感到非常诡异。那天他问能否顺路回家吃早饭时，母亲在电话里解释过，这样恐怖分子就很难偷偷溜进来了。她还告诉他，背景里的噪音是他小时候那间宝贝树屋和支架正光荣牺牲的声音。她在电话里的语气听起来波澜不惊，但此时褐色的双眼周围多了黑眼圈，她交叠着双臂，把两手夹在腋下——每当精心修剪的指甲被咬得坑坑洼洼时，她就会这样把它们藏起来。她就像是他父亲的“道林·格雷画像”——一切你以为他会感受到的焦虑，最终都体现在了她的身上。

见儿子朝警官投去不安的眼神，泰莉·隆恩误会了，她转过身背对他们，悄悄把一张支票塞进儿子的口袋。艾蒙摇了摇头，把支票还给她。她扬起眉毛，“你大清早过来难道不是为了这个？何必让我这样怪你呢——你知道我很乐意帮忙。”

他把自己的外套披在母亲的肩上，这个动作是为了表示关心，而不是因为她真的感受到了清晨的寒冷。“你最棒了。不过几年前你给我买的一个债券刚好到期，而且，反正我很快也要回去上班了。爱丽丝正有份工作等着我呢，她觉得我很适合做公关。”其实他根本不确定自己是否想做这个，但他知道，自己若想如安妮卡所愿再登纳西姆阿姨的家门，就必须要有份工作。

“你知道我是怎么看待为了工作而工作的。但你爸爸一定会很高兴。”母亲说道。于是他顺水推舟问起他们提到的男人在哪里。

“当然是在他的书房了。你去试试能不能把他拽出来，我去打理玫瑰了。”她走向了玫瑰丛，他看着她的背影。泰莉·隆恩出身于马萨诸塞州阿默斯特的奥弗林家族，是欧洲最成功的室内设计师之一，挂有她名字的连锁店从赫尔辛基开到了迪拜。十六岁那年，她的父母在离期末还有几周时把她接出了学校。当时的女权运动正在隔壁的史密斯学院闹得轰轰烈烈。父母把她带到了伦敦，希望她在看过拥有“真正的文化”的城市后，能够降低对这场麻烦运动持续增长的兴趣。他们于 1978 年 4 月 29 日抵达，下榻沙威酒店。次日一早，父母还在因为倒时差而睡觉，她已恭敬地走上特拉法加广场去看国家美术馆，接着便加入了上千人的摇滚反种族主义大游行。游行队伍刚刚从维多利亚公园出发，能听到冲撞乐队和其他音乐家们正引吭高歌，声音盖过了所有民族阵线的种族歧视口号。

“你来吗？”一个西班牙男孩问道。他深色的头发垂落在黑色皮夹克的肩头，夹克上挂满的徽章让旁观者们知道“纳粹不好玩”，以及“种族主义者床上不行”。他们跟着队伍行进了许久后，她才发现他的父母其实来自巴基斯坦，那是她第一次听说这个国家。后来天色晚了，她心中温顺乖巧的一面占了上风，便说要回到父母身边。他坚持陪她走到了沙威酒店，哪怕可能会错过冲撞乐队的演出。一想到要和如此倾心的人说再见，她潸然泪下，于是他发誓有朝一日会来娶她。之后的两年里，他们保持着书信来往，直到她被切尔西艺术学院录取。而那时，他已经离开了大学，身上的皮夹克换成了银行家制服。对此，她感到喜忧参半。

泰莉·隆恩拾起一片黄色的花瓣，把柔软的表面轻轻扫过鼻尖。艾蒙曾和妹妹艾米丽得出结论：一个人除非嗑了药，否则绝不会在短短一个下午就认定要与某人结婚。直到如今，他才明白这是可能的。母亲可曾后悔那天没有继续去看国家美术馆呢？他暗想。他的父母之间并无矛盾，但两人在生活中总是各干各的。当他父亲忙得顾不上休假，甚至没空吃早饭时，母亲正在一点点放手自己的生意——不知怎么，这好像很适合他们的婚姻状态。而今天，艾蒙尤其希望他们能更像拉希米夫妇那样。

他环视阳台，努力去想象这样一幅场景：仲夏的某个宜人夜晚，两家人一起坐在这里吃晚餐。卡拉马特和泰莉以及艾米丽和艾蒙，安妮卡和伊丝玛还有纳西姆阿姨，说不定连帕尔维兹也在。他承认，自己完全不知道这世界该如何将他从眼下带往那个想象中的时刻。他只知道，他们必须想办法去实现它。

他进屋，径直走向父亲的地下办公室。那间屋子没有他母亲标志性的闲适风格，只有深色的木制家具和纯色的灯，没有窗户。多年秉灯夜读的习惯在卡拉马特身上留下了烙印，他在没有自然光的环境下工作效率最高。

"我儿子什么时候学会进屋前先敲门了？"他站起来，亲吻拥抱了艾蒙，这种欢迎方式曾让艾蒙尴尬了多年，直到最后习以为常。"自从我父亲开始往家里带最高机密文件起。他们真的会在上面写'最高机密文件'几个字吗？"

"不，他们会写'如果你的级别不够接触本文件，你将很快变成死人'。字印得非常非常小，否则其他内容就写不下了。先不提你为什么过来，你怎么这么早就起来了？”

“我有事想跟你谈谈。我们先坐下？”他示意父亲坐回那张磨旧的皮椅里，自己也坐上书桌沿，面朝着他——他曾用这个姿势无数次跟父亲激烈地争吵（他的中学课程、和马克思一起徒步旅行、安排他的女友做人流手术），那时他正处于青春期，卡拉马特·隆恩也还是个后座议员，比妻子更有时间教养子女。至于泰莉·隆恩，艾蒙和妹妹只在想要新鲜玩意儿、车子——以及后来的一人一套房子时才会去找她。在“行”和“不行”的选项之间，他们得到的答案永远是“行”。

但父子间的事却更加难以说清，他们的亲情总是在一条基准线上来回穿梭，两人矛盾的感情起起伏伏，让家里的女人们都为之心累。“我面前这个英国阔少爷到底哪来的？”父亲会这么说，语气中有时是失望，有时是骄傲。“是你教出来的，要怪就怪你自己。”儿子会这么回答。而父亲的反应或者是“我谁都不怪，我的 jaan[1]，我的生命”，要不就是“都是你母亲惯的，不是我”。

“我谈恋爱了。”他说，看见父亲扬起了眉毛。他曾

1　Jaan：乌尔都语，指生命，泛指生命中的挚爱。

经为爱丽丝消沉憔悴过一段时间，一天早上，他的卧室门被一脚踹开，卡拉马特·隆恩走进来，怀里抱着一条大比目鱼，他的膝盖被鱼的分量压得微微弯曲，鱼身上的冰碴闪闪发光。他把那条大鱼撂在儿子床上，丢下了两个字：“替补。”这是家人有史以来见他做过的最粗鄙的事，泰莉和艾米丽都惊愕不已，“厌女”“沙文猪”这些词在屋子里回荡。艾蒙也假装站在母亲和妹妹这边，但他心中的快感比他承认的更甚，而且，此举也终于为他的消沉画上了句号。不过，直到遇见了安妮卡，他才真正同意这一点，没错，爱丽丝在床上确实像条冻鱼[1]。

“别这样看着我，”艾蒙说，“她跟别人不一样。”

“怎么不一样？”

“首先，她不是这边的人。”

“她不是英国人？”

“她不是伦敦西区的。”

这句话得到的回应是父亲从鼻子里发出的一声夸张的哼哼，子女们总惊讶他是如何在公众面前克制住的。“唔，那确实不一样。那么她是哪儿来的？切尔滕纳姆？里士满？我的天，她不会是从泰晤士河南边来的吧！”

1　Cold fish，英语俚语中指性生活冷淡乏味的女性。

“温布利。”

父亲看起来很惊讶，而且也乐于感受这种惊讶。艾蒙拿起一枚雕刻着狮子和独角兽的镇纸在手上来回摆弄，感到有点害羞，先把其他一切顾虑抛诸脑后吧，现在，他正向这个世界上他最爱的男人诉说自己在世界上最爱的女人。安妮卡，他说。

对，是巴基斯坦裔——她母亲是在卡拉奇长大的，父亲是英国移民二代，老家在古杰兰瓦拉。她十二岁的时候成了孤儿，由姐姐抚养长大。住在普雷斯顿路上。很漂亮，人还聪明，爸爸，她在 LSE 攻读法律学位。只有十九岁，但其实成熟得多。是的，我很认真。Yeh ishq hai[1]。艾蒙说出这几个乌尔都词时，父亲紧紧握住了他的手，容光焕发地看着儿子。

“好，既然这就是爱，那你最好带她来一趟。下周六？”

“我还有件事要提醒您。她有点……那个，穆斯林。”

“有多‘穆斯林’呢？”

“她有祷告的习惯。不是一天五次那种，但每天早

1　意为“这就是爱”。

上都要祷告，这是起床后第一件事。她不喝酒也不吃猪肉。斋月期间禁食，戴希贾布。”

“嗯……但她在那方面没问题吧——”他双手掌心合拢，做出一个分开的动作。

“什么，翻书吗？”

“性。”

“爸！不，她这方面没问题，一点问题都没有。还有，如果你想比性的手势，试试这个。”

“这在议会上用得着，多谢了。这么说来她不是一条大比目鱼，这就好。”他咧嘴一笑，正是这个表情让他赢得了“狼”的名号。

“您比我想中要开明多了。”

“怎么，你以为我会反对你和穆斯林谈恋爱？我对那些双姓氏[1]的姑娘才叫头疼，她们的爹一有机会就对我吹嘘他们家族和英属印度的深厚渊源——这个当过省督，那个当过总督副官。平息叛乱有功，平息叛乱有功！个个说话都彬彬有礼，但谁都知道这是在向我宣布我儿子配不上他们女儿。”艾蒙等着父亲把牢骚发完。

---

1 英语国家中部分人的姓氏由两个或以上单词组成，中间以短杠衔接(double-barrelled)，此类人祖上多为贵族。

爱丽丝可怜的父亲要是知道自己夸耀祖上“平叛有功”那套话引起了多大的反感，一定会无地自容——这是爱丽丝的原话，只有哈里听到后翻了翻白眼，但接着，哈里也开始发起了他的牢骚。“总之，既然她才十九岁，那我看现在劝她摘掉希贾布还来得及。下次她来的时候，让你妹妹带她找间美发沙龙。好了，我开玩笑的。你知道我也是个有信仰的穆斯林，这与别人无碍，除了我自己。”

“这我还真不知道。我是说，我知道你的父母要求你去清真寺，还有斋戒什么的。但我不知道你真信教。”

“是吗？其实我信。我就是在这种环境下长大的。有时候压力大了，我还会背诵 Ayat al-Kursi[1] 来放松。”

“那是祷文吗？”

“是的，去问问你女朋友就知道了。不过还是免了，我更希望你跟谁都别提。”

“你不该隐瞒这种事。”

“‘我们的内政大臣对外宣扬无神论，私下却背诵穆斯林祷文，这让我好紧张’。对不对？”

“我看起来很紧张吗？”

---

1 《古兰经》黄牛章第 255 节。

"你从跟我说话开始就一直在紧张。儿子，这是你的女朋友，我会和以前一样以礼相待。等你们分手后我说什么那是另一回事。"

"还有件事。她在中学里跟一个男生走得很近。后来那男孩去了叙利亚——做的不是那种人道主义工作。"

"帕尔维兹·帕沙。"

"你怎么知道？"

"他们的名字我都知道。还有他们从哪来，走之前是什么身份。从普雷斯顿路来的只有一个。整个英格兰，我最不希望这种事发生在那个地方了。但那小子，他的环境还挺不一般，他的恐怖主义是家传的。这深刻说明我们还要付出多少努力才能把这些东西连根拔掉。我说的是字面意思：抓住根拔起来。趁那些孩子年纪小还没被毒渗透，先把他们从那种环境里彻底根除。"

"不，不是这样的。"

"什么？不是哪样？"

艾蒙站了起来。屋里感觉好热，好压抑。在父亲面前，他预先在脑中打好的底稿开始土崩瓦解。他已经知道错了。他之前是被洗脑了，但现在已经醒悟，他想回家。他没有参与战斗，没有主动招募过任何人。他才十九岁。没理由为了这件事毁掉他一辈子。他的名字没上过报纸：您也有办法让他永远不见报。他只需要一本新护照，然后悄无声息地回国，没有任何人起诉他。他的朋友们都以为他一直在巴基斯坦，永远不会有人知道事实。这样对我们大家都好——想想看，一旦被人发现你儿子要娶的女人有一个去了拉卡的弟弟，会引起怎样的媒体风波？你自己也没法幸免。

相信我，他曾对安妮卡说。我了解我父亲。我知道怎么周旋才能让他同意。但这根本不叫周旋，这是威胁。对于这个永远无条件爱着自己的男人，他怎么能做出这种事？而父亲又为什么那么陌生地看着自己，好像明白了他的儿子怀着一颗背叛的心而来？

“十二岁失去双亲，由姐姐养大？”

“是的。”

“跟帕尔维兹·帕沙一样。”

“是的，没错。她是他的孪生姐姐。”

“艾蒙！”父亲勾紧了他的脖子，半是勒住他的头，半是拥抱，“你这个蠢到家的蠢孩子。我的蠢儿子。”

Jaan，当他说会和父亲谈谈时，她曾这么呼唤着他，亲吻他的双眼，他的嘴唇，他的脸颊，他的鼻子。Jaan，我的生命。此刻，他的父亲抱着自己儿子，也吐出了这个词。接着，突然之间，卡拉马特·隆恩松开了他，后退一步，用一只手抹了一把脸。原先那个父亲所在的地方，此刻站着一位内政大臣。

“你不会再和这女孩有来往了。我给你派一支保安小队。”

“爸！这样，你先见见她，好吗？我带她过来，就今天，今晚。然后……你笑什么？”

“我们家的房子这样禁卫森严，可基地组织和伊斯兰国的亲眷却要在我儿子的怀里跳华尔兹。”

“不许你再这样说她。她是我要娶的女人。”

父亲的脸上毫无波澜。“给我待在这儿。”

“否则呢，你就逮捕我？”可是话没说完，内政大臣扬长而去，重重摔上身后的门。

艾蒙坐在父亲的椅子里，盯着电脑屏幕，上面需要密码才能登入。他草草翻阅着一堆早晨的剪报，后悔不该把手机忘在披到母亲肩头的外套口袋里。安妮卡还在他的公寓里，等着他来电告知进展。她后来终于给了他电话号码，但他没想过要背下来。母亲曾劝他在住处装个座机，他那时真不该一笑置之。

我完全可以出去，他不停地告诉自己。至少我可以上楼去吃点东西。

当他意识到可以用父亲的电话打到查询台查拉希米

家的号码时，心里小小得意了一下。

“我是艾蒙，”拉希米太太接起电话时，他的声音有点嘶哑，“有件急事能请您帮个忙吗？楼上有我一个朋友在，在我家。您能不能叫她下来？我有事要跟她说。”

“那个戴希贾布的漂亮姑娘，你是说她吗？抱歉，她刚刚走了。我出去倒垃圾的时候差点被她撞得跌一跤。她好像很着急，你们没事吧？”

他走向沙发，躺倒在里面缩成一团，像只动物在保护自己最柔软的部位。几分钟后，母亲来到书房，在他身边坐下。不，她不会帮他拿手机来的。不，只要他父亲不开口，他就得一直待在这儿。她让他闭上眼睛，抚摸着他的后背，直到他沉沉睡去。当他再醒来时，感到自己已经睡了很久，父亲正坐在书桌前，看着他。

“都怪我。”父亲说道。艾蒙站起来，两手揉揉眼睛，试图理解这句话的意思。

“都怪我。”父亲又痛心地重复了一遍，“我总说你妈惯着你，但其实是我，总不想让你尝到四处碰壁的滋味，不想你被迫自己打拼。我没想到这会让你变得那么自信，那么自我感觉良好。你从不会停下来问问自己，为什么这样一个女孩，会愿意搭理一个公学毕业、心安理得靠老妈养活、胸无大志、只知道在电脑游戏上刷高分的男孩儿。”

“你做了什么？”

“我什么都没做。她弟弟走的时候，负责调查的几名官员对她很不放心。他们说她对弟弟的行为显然十分震惊，但相比弟弟的出走行为，她更生气的是自己被蒙在了鼓里。他们认为，她有试图加入弟弟的风险，所以一直派人盯着她，这是为了她自己的安全着想。但显然，他们没有拦截到任何电话、短信以及任何此人在与我儿子接触的证明。没有任何可疑情况，这才是最可疑的。而现在，这个，”他把艾蒙的手机放在桌子上，“二十三个未接来电，都是安妮卡·帕沙打来的。”

艾蒙站起来。“出事了。”

“至少在这点上，我们的意见一致。”

帕尔维兹

Parvaiz

05

两名男子步入伊斯坦布尔的一家电子产品店，南亚人的样貌表明他们是外国人，但两人浑身都流露出主人般的气势，身上的白袍、及肩长发和一把长胡子更加让主人的气魄不容置疑。其中较年轻的那个走向麦克风的陈列墙，扫视着仅作展示用的空盒子。他的同伴倚靠在店主身前的柜台上，把手机在两只手中抛来抛去，眼睛盯着其余的顾客们。后者在他的日光下很快鱼贯而出，留下这两个男人和店主在空空荡荡的店铺里。

“看这些！”那个年轻人说，“Røde SVMX，森海塞尔 MKH8040，还有纽曼 U87。”

“行了，快把阿卜·雷斯要的货拿上。然后我们就走，我饿死了。”

店主伸手从柜台底下拿出一个盒子。“Sound Devices

788T。阿卜·雷斯没收到我的短信吗？我两个星期前就到货了。”

“是不是你在伊斯坦布尔打个响指，我就要叫阿卜·雷斯在拉卡跳舞？”年长的男人把壮硕的身躯转向店主，后者的脸立刻白了，开始结结巴巴地道歉。但紧接着年轻人的一声欢呼打断了店主，他接过装着 788T 的盒子，掂了掂分量。

“抱歉，法鲁克。我还得再待一会儿。阿卜·雷斯叫我多试几套麦克风组合，看看哪个效果最好。”他走回麦克风墙，把架子上的空盒子一个个拿下来抛向店主，店主大叫起来：“要哪个就说！你把我的货都弄乱了！”

法鲁克发出一声厌恶的声音。“我去街角的咖啡厅等你。你还有一个半小时，然后我们就去机场。”

“好。记得给新来的带点吃的。我来的时候被你饿了好几个小时。”

法鲁克咧嘴笑了。“真是个宝宝啊，帕尔维兹——连要一片面包的胆量都没有。”

“我已经不再是帕尔维兹了。”

“Ma’ashallah[1]。”年长的男人说道，语气略带

1 如真神所愿。

讥讽。

“Ma’ashallah。”年轻人说道，把他的手按在心口。

—

这场前往伊斯坦布尔电子产品店的旅途始于去年秋天的一个晚上。伊丝玛走进厨房，说自己要去美国了，因此他们三个也是时候离开家了。

那是个没有任何征兆的傍晚。安妮卡的大学生活才开始几周，帕尔维兹没考上大学，但他们旧日的生活轨迹已经一去不复返。所以，当安妮卡那周回家第一次下厨做饭时，家里颇有点过节的气氛。她查阅着油迹斑斑的菜谱，露出平日那种高度专注的神情，好像书上的字会趁她第四十九次和第五十次参阅的间隙变个模样。帕尔维兹担任副厨，为了不被熏出眼泪，正戴着他的游泳镜切洋葱。播放列表的旋律从扬声器里潺潺流出，音乐由他们卡拉奇的吉他手堂兄编曲——奇姆塔伴随着贝斯，多赫拉应和着鼓点；在这音乐之上，可以听到帕尔维兹的刀切进柔软的洋葱，落在下面硬砧板上的声音；安妮卡量取配料时，手腕上两只细镯子的叮当作响声；

冰箱发出的低鸣；一列轻轨驶入普雷斯顿路站，另一列几乎在同时驶出站台；还有这对孪生姐弟的说笑声。今晚的话题是安妮卡该如何在某亚裔婚恋网站上为帕尔维兹塑造形象：爱着自己姐姐的英俊伦敦男。“听起来很不伦。”爱着自己姐姐的伦敦丑八怪。“听起来太绝望了。”和家庭有着紧密羁绊的英俊伦敦男。“你为什么非要用这个主语呢，后半句改成‘忧郁而英俊的伦敦男’如何？”不行，忧郁而英俊是对深肤色人种的代称。“为什么？”希刺克厉夫[1]啊。“可是他还很暴力并有点疯狂。”没错，但你知道看你资料的都是些什么人，深肤色是现实问题。

这时伊丝玛走进来，身上的干洗剂味比她先一步钻进了厨房。对职业毫无规划才是现实问题，她说。帕尔维兹把砧板推向一边，摘下泳镜，拿起了他的手机。屏幕上没有提示，不再有普雷斯顿路那些朋友们的消息，离开学校后，大家无论身心都已各奔天涯。“把声音关小点，听我说。”伊丝玛说道。在平时，他会把音量开得更大，可这天她脸上的严肃表情还是让他选择了服从。安妮卡也注意到了，于是把一只手放在姐姐的手腕上。“你

---

1 《呼啸山庄》的主人公，“外貌上他像一个黑皮肤的吉普赛人”。

说吧。”

伊丝玛拿到了去美国的签证。她会在一月中旬出发前往马萨诸塞州。她宣布这个消息的样子就像别的女人在宣布自己订婚——骄傲、腼腆，不知家人对这意料之外的新闻会作何反应。

安妮卡上前一步，伸手拥抱她。“我们会想你的，但我们也为你高兴，为你骄傲。对不对，小帕？”

“美国，”这个词在他的口中有些生硬，“他们真的给你发签证了？”

“我知道，我也没想到。”

沙博士写了封信来，与其说建议，不如说是命令她去申请博士课程。她第一次跟弟弟妹妹商量时，帕尔维兹说了句“这有什么意义”，伊丝玛立刻表示赞同。对，他说得没错。她拿到签证的可能性微乎其微，所以这根本是做无用功——这句话帕尔维兹和伊丝玛谁都没有明说，但由于父亲的缘故，他们心里都清楚这一点。可安妮卡依然坚称她应该去申请。“有时候喜从天降呢，”她说，“而且更重要的是，你如果连试都不试，就永远不知道结果如何。”最后，伊丝玛受不了安妮卡的啰唣，只好说如果不试试看的话对沙博士也不礼貌。显然，她打击自己的本事比帕尔维兹以为的还要强，他当时恼火又后悔地想。

“那么，”安妮卡说，“我们的房子怎么办？”

帕尔维兹推了孪生姐姐的肩膀一把。“她的卧室归我了。我需要个工作间，反正你以后在家的时间也没我多。”

姐妹二人面面相觑，接着又看着他。伊丝玛报了个数字，是家里的月度开销。她每每报出这个数字都是要提醒帕尔维兹：他在果蔬店打工的收入根本不够用，他不去看招聘广告反而整天录他的音轨就是在浪费时间。她不相信他有能力找到一份与爱好相符的工作，也不认为他的录音带跟安妮卡的法学学位一样是对未来的投资。“她认为我们的生活里容不下梦想。”安妮卡曾这么说过，虽然带着控诉，却也是站在伊丝玛的立场上辩解。

他们目前的日子还过得去，伊丝玛继续说。但等她到了美国，学校的补助就仅够她一个人生活，安妮卡的奖学金也刚好维持基本开支。他们连抵押贷款都还不上。

“那就别去。”他说。安妮卡朝他丢过来一块土豆，被他一头顶回去——只是出于条件反射，而非玩闹。

伊丝玛打开餐柜，把晚餐用的杯盘取出来。她刚刚到街对面串了个门，她说。纳西姆阿姨如今年纪大了，需要有人在家帮衬着，虽然她的女儿和外孙们也经常来，但她的生活还是很困难。要是有人能去搭把手就好了，纳西姆阿姨是这么说的，所以她给我们提供了一个选项。

“什么选项？”帕尔维兹问。

“我们搬去和纳西姆阿姨一起住，然后卖掉这房子。”安妮卡说，语气就像在讨论买几条新毛巾。这下轮到伊丝玛脸色沮丧了，她说她只是在考虑把房子租出去。温布利明年要新开一所法语学校，房价会节节上涨，现在卖房子太不明智了。而且再过几年，等她拿到博士学位，安妮卡也当上了律师，她们还能再搬回来住。就在这时，安妮卡耸了耸肩。这动作让帕尔维兹感到一阵惊恐，甚至忘了插不上话的恼怒。当你发现一个自以为很了解的人，在你不经意间暴露出本性中的另一面时，就能体会到那种惊恐。

安妮卡会离开他们。这就是那个耸肩的含义。等读完大学后，她没有半点继续留在这个家里跟他们姐弟厮守的意思，她的法学学位将赋予她无数可能。

“你不能就这样替我们做决定。”帕尔维兹对伊丝玛说。但孪生姐姐正帮着长姊摆餐桌，同时回避着他的目光，在这种局面下，“我们”这个词显得毫无底气。

“叛徒。”他说着，从案台旁跑开。他又是找钥匙又是找手机和麦克风，做足了样子给她们机会劝住自己，但两个姐姐都无动于衷。他别无选择，只能走出家门，虽然夜色看起来如此迷茫。

在这个秋季的夜晚，冬日的气息已经盖过了夏天的回忆。寒意侵袭进他那身不合时节的外套，皮肤上立刻起了一层鸡皮疙瘩。街区的灯火笼罩在云雾之中，将夜空渲染成淡红色。整个世界的声音变得大了一点点。最初让他意识到自己听觉异常敏锐的是这么一件事：他问一个老师，为什么飞机的声音在多云的日子里听起来更响。班上的同学都笑起来，老师也说没有这回事。可第二天，老师却告诉帕尔维兹，他的观察是正确的。

走到半路，他母亲的老朋友格拉迪丝在街上拦住他，跟他聊起了眼下正进行的图书馆运动，接着又问他家的门铃今天有没有发出过异响。她家的门铃有——平常悦耳的声音突然变得像敲锣。等她去开门，却发现一个人都没有，于是她回到屋里，打开电视机，电视上正好在放一档她爱看的通灵节目，上面说如果你的门铃响声和平常不一样，那意味着有魔鬼，千万不能应答。

“那你觉得魔鬼这会儿在你家吗，格拉德？”他微笑着说，“伊丝玛会一些驱魔咒。”

“希望我今晚睡觉的时候能弄清楚——离你那个姐姐远点！”他竖起三根手指，做了个童子军手势，接着注意到格拉迪丝笑起来时眼睛周围的皱纹越发深了。她和他母亲的年纪只差几个月。

他留格拉迪丝继续琢磨她的魔鬼，自己沿着普雷斯顿路往前。整条街几乎都关门闭户，寂静无声。见到温布利球场那弯曲的拱顶，他一如既往地微微低头致意，又亲切地用指关节敲了敲公证处办公室的门——在图书馆运动进行到某个阶段时，这家公证处保留了一间移动书屋。他继续向球场走去，雨几乎下了一整天，也许他可以再完善一下声音库里“鞋踩在湿草地上”的部分。他曾把这段声音加在一个电脑游戏上，结果赢得了音效奖。等到明年初，他要把这条片子发给各大小游戏商。然后——真主保佑！——工作就会滚滚而来了。

他一边穿过停车场，一边把扩音器和自制的配套防风罩连在手机上，全然没注意那辆孤零零的汽车。这时车门打开，走下来三个男孩。他在这个球场踢球时见过这三人：名牌运动鞋，纯白色的长袍，原生态胡子（这名字是安妮卡起的，因为它们“大得可以撑起一片生态系统”）。这伙人整天在街坊闲晃，一副想惹是生非的架势。他们给自己选了 US THUGZ 这个名字，却全然不知效果适得其反：US THUGZ 其实是阿拉伯语 Astaghfirullah（请求安拉原谅）的简写。有一次，他们在街上拦住伊丝玛，告诉她，姐妹们应该遮盖得更多一点，伊丝玛则反问他们到底在祈求安拉原谅什么。从这些人的反应来看，他们根本不知道 Astaghfirullah 的真实含义。

“交出来。”其中一个人朝帕尔维兹摊开手掌，要他的手机和麦克风。

“我会告诉你妈的。”帕尔维兹说。

那个男孩——阿卜杜勒，他儿时的好友——放下了手，嘟囔了几句反正帕尔维兹的手机也太旧之类的话。但他身边还有个街区外来的大一些的男孩，他上前一步，用膝盖猛顶帕尔维兹的腹部，趁他疼得弯下腰时从他手里抢走了手机，那台昂贵的扩音器被扔在一边，像是为了证明他的愚蠢。

帕尔维兹躺在停车场的地板上，等待着疼痛过去。几个年轻人的车从他身边呼啸而去，声音一气呵成：慢起音，短延持，长衰减。接着是他从未听闻过的寂静。他恨透了他的生活，恨这片街区，恨这逃不掉的一切。

一

法鲁克就是在第二天找到他的。那时，他正站在果蔬店里的一堆空板条箱之间，试着拔掉手掌上的一根木刺。

“Asalaamu Alaikum[1]。”一个陌生的声音响起。对方听起来像是个非阿拉伯裔的穆斯林，却故意模仿阿拉伯人的口音，反而显得用力过猛。帕尔维兹抬起头，看到一个体格精悍壮实的男人，身上的紧身短夹克被肌肉撑变了形。此人三十岁上下，卷发一直披到肩头，相形之下，他的大胡子看起来既不像嬉皮士也不原生态，反而衬托出一股男子气概。浑身的强烈魅力让口音问题显得不再重要，他把自己瑞士军刀里的小镊子递过去，动作意外地温和。帕尔维兹接过去，想夹住那根木刺，但他的左手不听使唤，总是夹到自己的皮肤。那个男人没说话，拿走帕尔维兹的夹子，一只手托住他的手，潇洒一挥就拔掉了木刺。接着他用拇指按住出血点，止住这个微不足道的伤口。

1 愿你平安。

“我的堂弟库塔拿了你的东西，我向你道歉。他当时没意识到你是谁。”他把手伸进迷彩裤的口袋里，递过那部被抢走的手机。我是谁？帕尔维兹想问。但他已经知道答案了。他是安妮卡的弟弟，每当那些大男孩，就是那种你拼了命想要结交的男孩注意到帕尔维兹，无不因为他是安妮卡的弟弟。可安妮卡从来不喜欢帕尔维兹给她搓合的这些人。她更喜欢安静的、可以让她颐指气使的男孩。

“你认识我姐姐？”

男人露出了不悦的表情。“姐姐妹妹们跟我有什么关系？我认识的是阿卜·帕尔维兹。”

“我就是帕尔维兹，我不认识哪个叫阿卜·帕尔维兹的人。”

“你连你自己父亲的名字都不知道吗？”

帕尔维兹不动声色，内心却疑惑。这个男人是谁——MI5？政治保安处？他们在他小的时候去过他家，那时也曾表现得那么友善。其中一个人来到他的房间，和他一起玩轨道赛车，那架玩具车轨塞满了他和安妮卡的床之间的所有空间。然后，那个人搜集了帕尔维兹父亲寄来的相册，带着它们走了。他们后来把大部分东西都还了回来，但不包括阿迪勒·帕沙的照片：他爬上一座山、坐在篝火边、蹚过一条溪流——有时候独自一人，有时和别的男人一起，总是微笑着，总有一支枪挎在他的肩上或者架在腿上。等你长大，儿子。他的父亲曾在相册里附言。这让母亲惊惧万分，他当时还不明白原因。虽然他刚收到这本相册时，奶奶拦住了儿媳没让她抢走，但他始终怀疑是母亲向那个和善的人告了密，好让他把阿迪勒·帕沙的影像从儿子的生活中彻底抹去。这些回忆让人很不好受，同样不好受的是，他又想起自己小小年纪就开始盯着整日愁眉苦脸的母亲，心想，难怪他要走。

“我根本不认识我父亲。”从小他就被母亲灌输这句话，一遍又一遍。他知道，坊间总有些关于阿迪勒·帕沙的传闻。有一次在学校的操场上，一群男孩走过来，问他父亲是不是真的当了圣战分子，在关塔那摩被杀了。“我根本不认识我父亲。”他弱弱地答道。男孩们又朝安妮卡走去，问了同样的问题。她耸耸肩，掉头就走，九岁的她已经能很熟练地表达轻蔑。但后来，她却向一个最大嘴巴的朋友透露：“这让他听起来像电影里的人，对不对？这比说‘我爸爸在卡拉奇得疟疾死掉’听着有意思多了。”

“他很遗憾。”陌生人说道，“遗憾你没能认识他。

他曾和我的父亲并肩作战，伟大战士阿卜·帕尔维兹的所有故事我都听过。”

“这不是我父亲的名字。他叫阿迪勒·帕沙。”

“这是他的——”男人说了一个词，听起来像“拿不点给”，“这是法语里‘圣战名’的意思。在我看来，这就是超级英雄的名字，虽然有些兄弟不喜欢。但总之，这就是你爸爸。当他为正义而投身战争时，他称呼自己为‘帕尔维兹之父’。他用这种方式将你留在身边。因此，每当有人叫他的名字——他的敌人恐惧的呼喊，他的兄弟们爱的呼喊，或者他的战友在荣耀中呼唤——他们同时也说出了你的名字。”

可怕的事发生了，帕尔维兹感到泪水涌上了双眼，可他面前还站着一个仿佛被坦克碾过双腿也不会落泪的男人。但男人似乎丝毫没有看轻他，相反，他给了帕尔维兹一个带着古龙水味的拥抱，说道：“很高兴找到了你，兄弟。”

那天晚上，帕尔维兹怀着一个美丽的秘密神采飞扬地回到了家。他一个人做了全家的饭，当姐姐们在厨房餐桌吃饭时，他也没把自己的盘子端到电视机前。他拿伊丝玛开起了玩笑，嘲笑她在马萨诸塞州会染上美国口音。

“你这是怎么了？”安妮卡问，而他则满足于自己生命中那隐秘的、姐姐们一无所知的角落。

一

那天夜深时，法鲁克打电话来了。“我一整天都在考虑你的事，”他说，“我在想，为什么阿卜·帕尔维兹的儿子对他的父亲几乎一无所知？”

帕尔维兹无言以对。这问题在过去从来不是个问题。从小到大，他只知道自己的父亲是个可耻的秘密，绝不能为外人所知，否则，普雷斯顿路上就会出现印着“你知道自己的邻居是什么人吗？”的海报，石头将砸向他们家的玻璃窗，再也不会有同学邀请他和姐姐们去家里玩，也不会再有女孩接受他。即使在家里，这个秘密也活生生地存在着。他的母亲和伊丝玛都对阿迪勒·帕沙怀有一种无以言表的愤怒。至于安妮卡，她对他们的父亲既无感情也全无好奇，这成为他和孪生姐姐之间的第一个明显的区别：他们是两个个体，而非一人。只有奶奶想过要聊聊父亲在他们生命中的缺失。这成了他和奶奶亲近的缘由之一，有时她把他叫进房间，悄悄对他讲述自己抚养长大的那个朝气蓬勃、样貌清秀、有一双笑眼的男孩的故事。可故事里的主角永远是个孩子，没有他长成为男人后的身影。“噢，后来发生了一些事，我不知道。”每当帕尔维兹设法探听这个男人在儿子降生时变成了什么样，奶奶都会这么说。

“因为从来没人告诉我。”此时帕尔维兹答道。

“你想知道吗？”

“当然。”

“先别回答得那么干脆。一旦你知道了，你就不得不去想，作为那个男人的儿子意味着什么。也许永远不去想他反而更容易。”

他时常看着那一对对父子，渴望使他目光贪婪。每当别人的父亲对他有所表示——把一只手放在他的后颈上，喊他一声“孩子”，邀他一起踢球——他都会退缩，心中混杂着羞耻和畏惧。随着时间流逝，男孩和女孩们的世界渐渐更加独立，他不再是双生子中的一员，反而成为了家中唯一的男性，他听过一切女人之间分享的秘密，却从未得到过父亲的指引教导。于是，这种羞耻和畏惧感逐年递增。

“我每天都在想他。”他轻轻地说。

“很好，好样的。你明天什么时候收工？”

一

一切就这么开始了。每天上午，法鲁克会在某个时刻发来一个位置：有时是一家烤肉店，有时是某个街角——但最多的还是大路上一家彩票店。

这些都是帕尔维兹结束工作时法鲁克所在的地方。无论身处何地，他们都有聊不完的话。应该说是法鲁克说，帕尔维兹听，听他渴望已久的父亲的故事——故事里的父亲不再是那个无牵无挂的男孩，也不再是个不负责任的父亲，而是一个为正义而战的英勇男人，这个男人看穿了国界之间的谎言，在黑暗时刻鼓舞着战友的士气。这就是阿卜·帕尔维兹，在地震过后不畏持续的余震，一马当先跨过深谷之上的大桥，为困在另一边的人们输送补给。这就是阿卜·帕尔维兹，在子弹用尽之时把卡拉什尼科夫步枪的枪托当武器。阿卜·帕尔维兹把头浸入山间的小溪行洗礼，再抬起头时，他的胡须上挂满了冰凌。他就这样在河岸上跳起舞来，每晃一下脑袋就发出风铃般的声音，仿佛他不再是车臣的阿卜·帕尔维兹，而是舞厅里的阿迪勒·帕沙。在所有这些故事里，这个版本的男人最像他印象中的父亲：奔流的小溪，舞动的冰凌，周围的男人们一起挑战冰冷的河水，好为这位小丑战士阿卜·帕尔维兹提供一支伴奏乐队。

“每个儿子都想拥有这样一位父亲。”法鲁克说。

“但我却从来没拥有过这个父亲。”帕尔维兹答道。他的目光追索着掌心的线条，这只手上放着一枚手榴弹插销，是法鲁克带到彩票店的——这是真家伙吗？

“你认为他希望世界变成今天这个样子吗？不。但他预见到了这一天。既然已经见到了，他就明白一个男人肩上担负着更大的责任，他的妻子和母亲是拴不住他的。”

为了帮助他理解那些“更大的责任”，法鲁克跟他讲起了历史：基督教世界满怀恐惧地目睹了伊斯兰教的崛起，穆斯林维持了上千年的霸权，结果却被宠信宦官、短视无能的土耳其帝国和莫卧儿帝国挥霍殆尽，接着，基督徒为他们几个世纪以来遭受的耻辱发起了嗜血复仇：帝国主义、根植于种族歧视的“文化使命”，接着还开起了“给予”独立的残酷玩笑，事实上，他们只是通过册封附属国来改变经济模式，他们那荒谬的国界线只是用以制造动荡的。巴基斯坦、印度、阿富汗、阿尔及利亚、埃及、约旦、巴勒斯坦、土耳其、车臣、克什米尔和乌兹别克斯坦——整个穆斯林世界里好像就没有法鲁克不知道的地方。每当帕尔维兹开始走神，法鲁克就把话题转向足球（他支持皇家马德里，帕尔维兹支持阿森纳，但他们都认同厄齐尔是个伟大的球员），或者帕尔维兹生活里最小的细节（“你平时晚饭都吃什么？果蔬店里有没有什么有趣的人？让我再听听你的录音吧，这次我来猜猜是什么声音”），或者美国的电视真人秀——法鲁克看得津津有味，帕尔维兹为了和他有话聊，也跟着看起来。但无论他们的话题转到哪儿，最后都会回到法鲁克人生的重点，他所有训示的核心：如何做一个男人。

这天下午，他们并排坐在彩票店的绿色凹背座椅上，看着一排屏幕上播放猎狗在赛道上飞奔的画面，而另一个时区的屏幕上，汗流浃背的男人们正朝赞助商广告牌大力投出一颗板球。电视机设成了静音，于是外界声音和电视画面形成了某种奇妙的声画结合：当猎狗从围栏里被放出，商店门刚好被一个醉汉猛地推开；当头顶的照明灯嗡嗡作响，场上的裁判正用球棒赶开脸上的蚊虫。法鲁克在帕尔维兹的腿上放了三只手机，从膝盖到大腿，每当其中一只手机的短信铃声响起，他就低头看一眼，然后走到柜台前另下一注。这可以有效纠正帕尔维兹抖腿的毛病，他第一次这么做时说。每次来彩票店碰头，帕尔维兹总是止不住地绷紧两腿，以至于事后都走不了路。“这都是你两个姐姐的错。”法鲁克说，“她们想把你圈在家里，让你替她们买东西、给花园锄草。所以她们想方设法让你永远当个小男孩，一个要妈妈的孩子。尤其是那个年纪大的，你明白我的意思吗？那个号称自己是个好穆斯林的姐姐，她认为她有权决定你能不能住在自己的房子里。告诉她，《古兰经》里写了，‘男人掌管女人，因为真主把他们中的一个造得比另一个更好’。在安拉的律法下，能丢弃你财产的人只能是你，不是你的女人们。”

你的女人们。帕尔维兹趁法鲁克又去下注时轻轻重复了一遍这句话。他喜欢这种感觉，虽然他不会蠢到去对伊丝玛引用《古兰经》，尤其还事关男人和女人的角色问题。他是个穆斯林，当然了，他信仰真主，每年开斋节都去清真寺做祷告，还把收入的 2.5% 拿出来缴纳天课[1]，这笔钱他一部分用于伊斯兰救济，另一部分捐给图书馆运动。但除此之外，宗教从童年时代起就是他退避的对象，而非生活的重心，这都是伊丝玛的强势影响所致。可认识了法鲁克后，他开始发现世界上原来还存在

1　天课，又称扎卡特“zakat”，伊斯兰教每年一次的慈善捐款。

“被阉割过的伊斯兰教”，“英国政府投了资金给清真寺，目的就是要让我们顺服”。认识到这些让他感到十分满足。

“你这些天都在哪儿？”一天晚上，安妮卡一边问一边爬上他放在花园小屋旁的梯子。他常常用这架梯子攀上屋顶，带着他的手机和头套式耳机，以及他的骄傲和快乐——那台二手的枪式麦克风。这是他从小最爱的栖息点，从此处可以清楚地看到列车在普雷斯顿路站进出。车身在夜色中化为一道道阴影，长长的车窗却照亮了一幕幕人生快照。这种原始“部落行为习惯”时不时会出现锯齿状的断口：一个挥拳的男人；一个全神贯注的吻，让人无论身处车厢还是小船还是卧室都已无关紧要；某人把手掌贴上玻璃，靠向花园小屋里男孩的方向，仿佛命运想让他们相遇，却不被滚滚的车轮所允许。约两年前，他开始了一项工程，其最终成品将是一条 1440 分钟的音轨，里面包含了一天里每一分钟的音景，全是他在这个位置录下的，录音耗时超过 1440 天。他的理想听众会在一天的午夜开始播放这条音频，直到第二天的午夜。

他关掉录音，摘下耳机，在便笺纸上涂写着。把这句“你这些天都在哪儿”留在 20:13 和 20:14 之间或许不错。反正，安妮卡的这句话也不是他的《从花园小屋听普雷斯顿路站》文件里唯一夹杂的人声。

“我就在这儿。每天不见影子的人是你。”

“我是说你的这个在什么地方？”她伸手拍了拍他的头，“还有这里。”她又把手搭在他手腕的脉搏处，动作还跟小时候一样。但他没有回答。“还在为搬到纳西姆阿姨家生气？我知道你不愿意丢掉这个据点，但至少我们还住在这片街区啊。”

她用了“我们”这个词，但他很怀疑她有多少时间待在这里。她每周都会去吉塔那里住，哪怕只待上一晚。他很了解安妮卡，知道她这是在为以后更频繁地外宿做准备——而且并不总在吉塔的住处。

“这是我们的家。”他说。

她咂了咂舌。“老这么多愁善感的。你应该跟我一起劝伊丝玛把房子卖掉，卖来的钱够你读大学了。这也算弥补了你那‘从花园小屋听啥都一个样’的损失，对不对？”

这话伤到了他，于是他忍不住又说出前不久才被法鲁克指为意气用事的话。“你能拿奖学金也不过是因为你满足了他们‘包容’和‘多元’的设定。”

“你什么时候变得这么‘白’了？”她用拇指和食指

弹了弹他的耳垂。

“穆斯林女人，尤其是长得漂亮的，都需要从穆斯林男人的手中被解救。穆斯林男人应该被扣留、折磨。他们用鞋跟踩住我们的喉咙，把我们践踏在地上。”

“你自己可从来没遇到过这种事。”

“我被警察拦下来搜查过多少次，跟你比起来？”

“两次，只有两次，小帕。而且每次都是你自己说没关系的。总之事情已经发生了，就别发牢骚了。”她从梯子上跳下来，自信的姿态总是让他为她的安全捏一把汗，“你知道，伊丝玛是对的。你是该长大了。”

若在以前，他会追上去掀起一场比嗓门大赛，直到两人都吵不动和好为止。但如今，他只是站在原地，眼看着生活被嵌在一个个窄窄的框里，在黑暗中沿着既定的轨道前行。他让自己的伤痛一点点溃烂，这样，明天他就能把这一切告诉法鲁克，让新朋友的怒火为他消毒。

一

法鲁克发消息让他前往温布利的一间公寓，那里住着法鲁克和两个堂兄弟，当然不是打劫过他的那两个。

帕尔维兹从果蔬店回到家，剔掉指甲缝里的污垢，换上一件新衬衫，这让他有种仪式感。

他找到法鲁克的地址，推开没上锁的门，闻到楼下快餐店炸鸡的油腻味，还有一阵熟悉的古龙水味。一扇窗子的窗框正嘎吱作响，不是因为风声，而是被街上车辆的气流扰动。法鲁克用低沉悦耳的嗓音叫他别矜持地站着了，赶快进来。

家具只有三张叠在一起的床垫，正靠墙放着，两把绿色的塑料椅对着一台平面电视，电视连接着一台游戏主机。厨房有一台微波炉和一个电水壶，衣柜的门敞着，可以瞥见里面卷成捆的黑T恤和黑袜子。一个沙袋吊在天花板的厚螺栓上，微微摆动时会发出轻轻的嘎吱声。地板上也有一枚螺栓，跟天花板上那枚差不多，看不出有什么用。他想起法鲁克说过想把美国电视真人秀上的女人都拴起来——他对此不知该说什么——于是移开了视线。一块熨衣板临时充当了桌子，上面摆着一盏台灯和一副拳击手套。旁边的地板上有个熨斗，搁在和面包炉差不多大小的基座上。

“这是熨斗中的法拉利，”见帕尔维兹盯着它，法鲁克骄傲地说，“只有一档，所以你永远不会把衣服烫坏。以后你要熨衣服，只管拿过来。坐，坐吧，就当是自己家。这就是你自己家。不不，坐椅子上，坐椅子上。”

帕尔维兹坐下来，试图抚平自己衬衫上的褶皱。法鲁克笑了，轻轻拍了拍他的脑袋，然后递过一杯茶。

“先等我一下，我很快就回来。”他说完便出去了。

帕尔维兹喝了一口茶——太淡了——然后环视着屋子，想找出这位 yaar 更多的生活细节。Yaar，这个乌尔都词比英语的“朋友”更接近法鲁克在他心中的位置。甚至不止如此，应该说他是 jigari dost[1]——一种比友谊更深的情谊，它已经与你融为一体，一旦被分割出来则必然要留下一个深深的，也许是致命的创伤。

熨衣板正上方的墙上贴着一张照片：三个男人勾肩搭背地站在机场的“出发”标识底下——阿迪勒 · 帕沙；布料店的艾哈迈德——就是他在 1995 年说服帕尔维兹的父亲一起去了波西尼亚；另外还有一个矮壮的男人。那一定是法鲁克的父亲，他在波西尼亚战斗不到一周就逃回了家，这个满载着噩梦的崩溃男人让他年轻的儿子很是难堪。法鲁克几天前才说出这一切：“布料店的艾哈迈德会过来，他每次都会带来很多阿卜 · 帕尔维兹这个男人的英雄事迹。我父亲从来不愿听，但我爱听。”艾哈迈

1　最好的朋友。

德是几年前搬走的，帕尔维兹只知道，母亲每次在街上遇到他都会绕到马路对过去。

他伸手去触摸照片上父亲的手臂，在父亲的面容中寻找与自己的相似之处。但他和安妮卡都继承了母亲家族的长相，倒是伊丝玛有着他们父亲的宽脸庞和薄嘴唇，这真不公平。他又靠近了一些，唯有这张照片，能让他看见父亲踏上征途、开启后来那段人生的时刻。他看起来很兴奋。这么多年来，帕尔维兹第一次看到一张未被扫进回忆的父亲照片。他发现自己盯着父亲的手腕，那里有一圈皮肤的颜色偏浅。他的手表呢？是在过金属探测仪时摘掉了，忘记戴回去？那时候的机场就有金属探测仪吗？也许拍照片的时候，他还没发现自己把手表落在了安检区。等他一发现就会立刻赶回去，也许脸上还带着一点点焦虑，就像帕尔维兹在一张开斋节照片上看到的那样：别开脸，不看镜头。帕尔维兹回想着父亲的所有照片，去波西尼亚之前的，以及之后的那寥寥几张。是的，后来他还戴着那块银色表带的手表。帕尔维兹很高兴自己能记住这个细节、拼凑出这微小的事实。

时间好像过了很久，又好像只有顷刻，他就这么迷迷糊糊地站在那里回忆自己的父亲。这时门打开了，走进来两个陌生人，其中一个一看就跟法鲁克是一家人。帕尔维兹明白了，这就是和法鲁克同住的两个堂兄。

他向他们打招呼，但没得到回应。相反，两个堂兄走向地上那颗螺栓，把一根铁链从吊环中穿过。

“过来。”其中一个不耐烦地说。帕尔维兹走过去，不知他们要自己帮什么忙。

接着他就倒在了地上。一个堂兄跨坐在他的腿上，另一个骑在他的胸口。腿上那个用铁链绑住他的两只脚踝，胸口那个扇了他一巴掌止住他的挣扎。接着，两人把他摆成蹲姿，用铁链固定住他的手腕和脚踝。当他大喊法鲁克的名字时，他们笑了，那笑声让他闭上了嘴。

“你们要对我做什么？”

“我们的活儿已经干完了。”其中一个堂兄答道。

两人都站起来，走到电视机前开始打电子游戏。他们把音量开得很大，就算他再喊起来也不会有人听到。

他没用多久就明白了两个堂兄的用意。链子很短，这让他既直不起身也无法完全倒下，只能弓起身子保持下蹲的姿势。一股压力朝他后背袭来。

一开始的不适感最终变成了剧痛，从他身后的两腿之间侵入。每当他试图移动，想办法滚到一边去，链子就会勒进肉里。随着肉体疼痛一起来袭的还有内心的折磨，他不懂自己为什么要被如此对待，也不知道该如何让这一切停下。他听到自己哀求的声音，但两个男人甚至没有朝他看一眼。电脑游戏的制作者没有考虑过廉价扬声器的音效，爆音和失真声音比枪声和濒死的惨叫更难以忍受。他试着祷告，但毫无用处。

阳光退出了房间。是天阴了还是天黑了，他分不清。连神智的模糊也无法让他轻松一点。皮肤底下仿佛有一群燃烧着火焰的蝎子正疯狂地往外钻，它们挥舞着尾刺从他的双肩一路袭向小腿。扬声器里的每一声爆破都被放大，直至成为一种物理攻击，直钻进他的耳朵。他在痛苦中尖叫着，他已经在痛苦中尖叫了很久。

一个堂兄按下了停止键。

日常的各种声音涌过来包围了他——嘎吱作响的窗子，车流，他的喘息。那两个男人走过来给他松了绑。他在瞬间解脱了，身体瘫软在地上，但紧接着，他们又把他架起来拖到厨房，水池里注满了水，他们把他的头按了进去。

看来他要死了。死在这里，在离家只有一英里的炸鸡店楼上。他的姐姐们该如何承受？毕竟她们已经失去了这么多。两个男人把他的头拽出来，他吸进一大口空气，接着又被按了下去。如此反复几次。他告诉自己下一次不要再呼吸了，但他的身体仍想活下去。

他们把他拉出来，法鲁克的古龙水味在空气里浓郁起来。他准备好迎接下一波水刑，可他们却把他架到那堆垫子前，脸朝下扔了上去。一只手放在他的头上，动作很温柔。“现在你开始明白了。”那是法鲁克的声音，充满了悲伤。

帕尔维兹唯一的反应就是流泪，法鲁克把他转过来，让帕尔维兹看到这个年长的男人也哭了。

“这样的事，他们对你父亲做了好几个月。”法鲁克说道。

两个堂兄离开了。屋里只剩下法鲁克轻抚着帕尔维兹的手臂，扶着他坐起来。当法鲁克站起身时，帕尔维兹伸手抱住了他的腿。

“不，我不会再离开你了。”法鲁克说，“我只是去厨房拿点东西。”

如果此时帕尔维兹转一转头，就会看见法鲁克在干什么。但他唯一能做的只有待在原地，吸气，呼气，感受着刺戳、侵犯的疼痛从后背传到肺腑再蔓延到双腿。法鲁克回来了，拿着一只热水袋帮他敷在后背上，又递给他一只裹着巧克力糖衣的雪糕。帕尔维兹咬了一口，感受着香甜在口腔中弥漫开来，他记住了那种愉悦。

等他吃完雪糕，把棍子上的每一滴汁水都舔干净后，法鲁克从墙上拿下那张照片，放进他的手里。

“他们对巴格拉姆囚犯做的事，你知道多少？”

帕尔维兹摇摇头，他能做的只有这个动作。

“你从来没试过去弄清楚吗？”

摇头的幅度又小了一点，现在他开始羞愧了。其实，他一直隐约知道那些所谓的“加强型审讯手段”是怎么回事，但没有细究过，因为怕被别人问起为何那么感兴趣。他一直用这个理由来搪塞自己。

法鲁克把一只手放在他的肩上。“没关系。你以前只是个孩子，孤单一人。那时你还没准备好。但现在不一样了，对不对？”

孩子，孤单。他从来没孤单过。他总有安妮卡陪伴。即使她现在变了，也还是在他身边。他看着地板上的熨斗底座，想着安妮卡说要卖掉房子的话。她正在解开维系他们的锁链，把他抛入黑暗中，再也没有她相依相伴的心跳声。这心跳声从一切之初就伴随着他：当他的心脏发现自己分为两个心室，成为了一个有知觉的器官时，在恐惧中紧缩起来；可接着它又放松了，因为知道还有另一颗心脏，正和自己共同感受着每一刻的恐惧、每一秒的好奇。

他站起来，双腿还在打颤。“我得走了。”

法鲁克跟着站起来，把他拥入怀中。“你已经有力量承受这些了。毕竟，你是他的儿子。”

帕尔维兹推开他，一言不发地出去了。快回家。他下楼时给孪生姐姐发了一条消息。

几分钟后，他坐在回家的79路公交上，收到了她的回复。急吗？我八点下课。

他把额角靠在车窗上，看着这熟悉的世界从眼前掠过。“变态”“卑鄙”——她一定会用这种词评价法鲁克，还会让他在母亲的坟墓前发誓再也不去见这个人。可是，当公交载着他离法鲁克的房子远去时，他越发觉得自己去错了地方。身后的疼痛开始消退，这时他回想起，在痛苦还没剧烈到让他失去意识时，他曾把头转向那面墙，看着父亲的照片，于是他终于明白了。第一次，我成为了你。

他回复短信：哈哈就是看看你有多关心我。别让我又一整晚对着外卖和伊丝玛。

白痴，你吓死我了。明天要交论文，得在图书馆待到很晚。今晚我住吉塔那里。

他把手机装进口袋。公交的前门旁站着一个男人，正把他的结婚戒指轻轻敲击在黄色扶手栏杆上。那声音，金属碰撞着金属，就好像解开的锁链。

—

帕尔维兹坐在果蔬店收银机旁的高脚凳上，用手背抹了抹嘴。他正身处一个谎言之中。芦笋、大蕉、秋葵、苏格兰帽椒、鸟眼辣椒、海蓬子、卷心菜、苦瓜。果蔬店的老板纳特曾说，这世界上的人分两种：一种常吃新鲜食物，另一种则不然。每当街区又涌来一批新移民，他都会询问他们吃什么，然后把打听来的食材加入自己的存货。巴基斯坦人、西印度人和阿尔巴尼亚人——他们全都喜欢纳特。他的货架上堆满了五颜六色的新鲜果蔬，既保证家人的三餐，也大受邻里欢迎。

帕尔维兹把纳特的手机放在秤上，惊讶它的分量原来这么轻，这东西拿在他手里就像一根铁条。纳特早上去隔壁的咖啡厅吃吐司喝茶时，把大衣挂在了里屋，他趁此机会把手机从口袋里偷了出来。他把浏览器调成无痕模式，在搜索栏里输入“巴格拉姆虐囚”。接下来，他阅读着上面的文字，看着那些图片，最后不得不冲出去，对着一个散发着卷心菜味的空板条箱呕吐。

他以前常常给自己讲一个故事：真正禽兽不如的事

发生在关塔那摩监狱，至少他的父亲躲过了那一劫。此时他才想起来，这个故事根本没有出处。多机灵的小骗术啊，巧妙得就像他今早精心堆放好的水果和蔬菜，好像一个梨子放在哪里真有那么重要。

纳特回来了，看了他一眼，“你怎么了？”

帕尔维兹站起来。“不太舒服。我能先走吗？”

“当然。要不要我打电话给伊丝玛？你要不要吃点药？”

他摇摇头，纳特的善意让他无法承受。

不久之后，他又来到了法鲁克的屋里。他走到那堆锁链前，用手掂了掂分量。冰冷的钢铁无害地躺在手掌中，它们环环相系，碰撞出叮当声。

“再绑我一次。我想感受我父亲的痛苦。”

“我无畏的勇士。”法鲁克说道。帕尔维兹跪下，等待着苦难再次来袭。

一

“你准备好跟我谈谈那个姑娘了吗？”安妮卡坐在沙发扶手上，试探性地用脚碰了碰帕尔维兹的脚踝，后者脸朝下趴着，身上盖着他最喜欢的那条蓝色毯子，背上敷着一只热水袋。

“什么姑娘？”

“真的假的？你都一脸受伤地躺在这儿了，还不承认是因为她？你每天下午都溜出去见她，还发短信到半夜，这都已经——多久了，两个星期？不止吧？她是谁？你为什么偷偷摸摸的？”

“为什么选法律？”

“啥？”

“你为什么要选择投身这一行？法律有什么用？法律要怎么帮到我们爸爸？”

她冲他扬了扬眉毛，十分不以为然。“你直说还不想告诉我她是谁就行了。她已婚？哦天哪，她该不会出身那种会荣誉谋杀[1]的家庭吧，是这样吗？”

“我在问你一个严肃的问题，你为什么装没听见？”

“因为你这问题根本不严肃。阿迪勒·帕沙跟我们有什么关系？”

他离她远了一点，把脸深深埋进沙发垫子。“你只是个女孩。你不懂。”

1　荣誉谋杀（honor-killing）指凶手谋杀家庭成员以达到挽回家族荣誉的目的，受害者几乎都为女性，被杀害的原因主要是“失贞”和“不检点”。

她双手握住他的脚，把两只大拇指摁进他的脚心。“别让自己心碎了。”

“闭嘴，别烦我。你什么都不懂。”

—

几天之后，有人为图书馆运动发起了一场募捐。帕尔维兹十几岁起就开始投身图书馆运动，那时，市政宣布要关闭当地图书馆，那是母亲每周至少带他和安妮卡课后去一次的地方。他分发传单，给当地报纸写信，和格拉迪丝一起参加会议、讨论策略。后来，眼见市政继续闭馆的大局已定，他便毫不犹豫地参与到运动的下一个阶段，着手建立一个由义工运营的图书馆。他在地铁站外唱颂歌筹款，帮忙运送当地居民捐赠的书籍，每周日去图书馆做义工。可现在随着募捐日的临近，他越来越担心一件事：自己要和格拉迪丝一起站在糕点摊前兜售安妮卡的果仁巧克力饼干、纳西姆阿姨的果酱夹层蛋糕和纳特的苹果派，而这一幕可能会被 US THUGZ 中的哪个小子看见，然后报告给法鲁克——当世界在不公的战火中燃烧时，帕尔维兹·帕沙却认为把时间花在一家当地图书馆上能解决问题。现在，想要止损的唯一方法就是自己去坦白。

帕尔维兹找到法鲁克时，他正在熨他的平角短裤。窗户敞开着，让这不合时节的温暖阳光连同炸鸡店的油腻空气一起闯入。一堆刚洗干净的衣服扔在他脚边的筐子里。阳光被窗户裁切成方形，就像他端正肩膀上的肩章。法鲁克这天兴致高涨，指导着帕尔维兹怎么把熨过的衣服卷起来，问他知不知道这是防止起皱的最好方法，还取笑了那些把衣服叠起来的“白痴”。帕尔维兹发现自己开始想象起法鲁克和伊丝玛一起在干洗店干活、互相交换去污渍心得的场景。

等他小心翼翼地提起图书馆运动的事，并将其描述为一个小时候养成的“爱好”后，法鲁克把熨斗倒放好，指着熨板的中央。

“手放这儿，手心向上。我要把熨斗按上去。”

帕尔维兹看着嘶嘶冒热气的熨斗，又看看法鲁克的脸，没看出任何开玩笑的迹象。法鲁克的脸上只有谨慎，仿佛在等着下一个判决。帕尔维兹上前一步，把两只手都放上了熨板，强迫自己稳住，看着法鲁克举起熨斗作势朝他按去。见他毫无退缩，法鲁克笑了，用这楔形的武器轻轻碰了一下帕尔维兹的掌心。很烫，但还可以忍受。

“它采用的是蒸汽压力而不是烫压。就算最薄的丝质料子也不会烫坏。”法鲁克的语气活像个销售员。他搂住帕尔维兹的后颈，在他的前额上吻了吻，“我忠诚的勇士。”他把熨斗归位，帕尔维兹也把双手抄进口袋里。

“图书馆，”法鲁克说，“当然很重要了。这和他们在医疗保健、社会福利等领域所做的努力一样。你知道，这个国家也曾伟大过。”

“那是什么时候？”

“也没多少年之前吧。那时候，这个国家还懂得福利制度需要建设而非削减，还知道对待移民的态度应该是欢迎而非拒绝。想想生活在这样一个国家的感觉吧。不，别光傻笑。我让你动动脑筋，想象一下。”

帕尔维兹犹豫地摇摇头，不懂他的意思。

“现在，我们就有这样一个地方可去。那个地方会让新加入的移民享受国王般的礼遇，给他们比当地人还多的福利，以感谢他们前来时放弃的一切。在那里，人种肤色都不是问题，学校和医院全部免费，富人和穷人享用同样的设施。在那里，男人都是顶天立地的男人。没人需要靠混非法赌场谋生，他们都能堂堂正正地养家。在那里，你这样的人可以在技术最先进的工作室工作，过上王子一般的生活。你会拥有自己的别墅、自己的车。你可以光明正大地谈起你的父亲，把他当成骄傲，而不是耻辱。”

帕尔维兹笑了。他从没见过法鲁克说出这么狂妄、这么不着边际的话。“那我们还等什么呢？赶快踏上黄砖路吧，还是会由白兔子带我们前去？[1]”

“什么兔子？我在跟你说认真的，你跟我扯什么兔子？”

“抱歉。你说的地方真的存在？”

“你知道我说的是哪里。哈里发国[2]。”

帕尔维兹防备地举起双手，“别，老大，别搞我。”

法鲁克关掉熨斗，套上工装裤，穿上他的 T 恤。“我去过那里，和你认识的时候，我刚从那里回来。对于那个地方的真实面貌，你相信谁？是那些号称伊拉克持有大规模杀伤性武器，同时打着自由的名义虐待你父亲的人，还是我？”

帕尔维兹的心脏仿佛占据了整个胸腔，疯狂地撞击着身体，他甚至为自己的衬衫没有跟着振动起来而感到意外。法鲁克的脸色又缓和下来。

---

1 黄砖路和白兔子分别出自《绿野仙踪》和《爱丽丝漫游奇境记》。

2 哈里发国（The Caliphate）泛指伊斯兰教国王的职权或其领域。国际恐怖组织伊斯兰国也自称哈里发国。

“眼见为实。你等等。”他走进厨房，不一会儿带着一只平板电脑出来，“别担心，没人会知道你在看这个——都是离线的。我去把衣服熨完，你有任何问题就问。”

帕尔维兹在那一堆垫子上坐下，把平板搁在膝头。法鲁克事先打开了图片浏览器，让他看到上面的黑白旗帜。这面旗帜他几个月前才第一次见到，并已经学会在地铁里迅速将目光从报纸上移开，以免别人觉得这个穆斯林男孩好像特别感兴趣。他抬头看了看法鲁克，后者正用手指做一个滑动的动作。帕尔维兹继续浏览照片。男人们聚在一起钓鱼，背景是一片美丽的朝霞；孩子们在游乐场上打秋千；一个男人骑着一匹种马穿越城市，一车车的新鲜蔬菜沿街排开；一个年迈却精神矍铄的男人站在一大片绿葡萄藤下，正伸手摘下一串葡萄；不同族裔的年轻人们一起坐在田野里的毯子上；几个站着的男人把枪对准几个跪着的男人的脑袋；一幅生机勃勃的夜晚航拍街景，车灯和街灯交相辉映；男人和男孩们在大游泳池里；男孩和女孩们在游乐园的充气城堡外排队；一个献血站；满面微笑的男人们在清扫已经很干净的街道；一个鸟类保护区；一具血肉模糊的儿童尸体。

看到最后一张照片时，帕尔维兹没意识到自己说了什么，但他肯定喊出了声，因为法鲁克问道："怎么了？"接着便过来瞧他在看什么。"库尔德人干的，那些西方的英雄。这女孩的名字叫莱拉，三岁。"

"那另一张照片里要被处决的几个男的呢？"

"杀害这个女孩的凶手，或者他们的同伙。"

"其他那些图，都是真的吗？"

"当然是真的。看！"他又把浏览器切换到钓鱼那张图上，帕尔维兹才发现其中一个男人正是法鲁克——他正全力收线把钓到的大家伙拽上来，身上的大块肌肉紧绷着。

"好吧，其实作了点儿假。你以为我钓上来的是条大鱼——其实是件浸了水的夹克。我们钓鱼的地方在幼发拉底河。你想跟我一起去幼发拉底河钓鱼吗？那儿还有你的其他兄弟。这是阿卜·奥马尔，这是伊利亚斯·阿尔-拉斯，还有这一位是我亲爱的阿卜·贝卡尔，他在和叙利亚自由军的战斗中殉教了。"

"所以他们说的都是假的？那些暴力行径？只有敌军才会被处决，你是这个意思吗？"

法鲁克重重叹了口气，在帕尔维兹身边坐下，用手臂勾着他的脖子。"他们是怎么教你历史的？"

法国大革命。这是法鲁克那天给他上的一课。这场革命是摇篮，是基石，是启蒙运动、自由主义和民主思想的奠基，它引发的一切思潮让西方得以傲视全球。我们姑且承认它带来的理念是美好的吧。自由，平等，博爱——谁又能反驳这些呢？当然，法鲁克可以反驳，但那是以后的课题了。今天，让我们先承认这些理念是理想的。但假如没有恐怖统治，它们该如何实现？是恐怖统治用鲜血滋养、保护了它们，替它们铲除异己、攘外安内，消灭那些威胁到新乌托邦的敌人，并且让全世界都看到。这样做也许会留下遗憾——人们总是更愿意和朋友一起钓鱼，而非砍下敌人的头颅——但这是必经之路。最终，恐怖统治落幕时，将实现它的初衷——保护一个崭新的、革命性的，却也因其道德力量而遭到敌人恐吓、强敌环伺的国家。

“那么这是给你的问题：你愿不愿保护一场新革命？你愿不愿意做你父亲若活着一定会去做的事？”

帕尔维兹的目光从法鲁克身上回到屏幕上，翻看着剩下的图片。一片有序、美丽、生机盎然的年轻土地。一个男人的一边肩头挎着卡拉什尼科夫冲锋枪，另一边肩头是身旁兄弟的手臂。这就像是另一个世界，而他只是个从地球而来的长不大的男孩，在这充满了惊奇的恐怖环境里，他的肺不知该如何呼吸。

二

可渐渐地，他的肺连伦敦的空气都无法呼吸了。MI5的官员当时就在巴格拉姆，法鲁克告诉他，还给他看了所有相关证据。那个从你们家里征着税，口口声声说要对人民负责的政府，对当时的情况一清二楚。现在你已经知道真相了，怎么还能心安理得地生活在这个地方？你怎么能活在这样一个民主和自由的假象里？你算什么男人，算什么儿子？

这一连串质问每天纠缠着他。他所到之处总能看见朽烂、腐败、欺骗和粉饰的证据。姐姐们也放任自己融入了这个大染缸：一个正准备去美国，这个害死了他们父亲以及千千万万其他穆斯林父亲的国家；另一个正承认这个国家的公民拥有权利和上诉法院，而这明明是个谎言。

晚上，通过法鲁克提供的可靠代理服务器，他层层深入网络，看到在巴格拉姆被狗强奸的囚犯，还有那些受尽虐待的躯体照片，医疗记录显示出那些五花八门的“加强型审讯手段”究竟能对一个人的肉体和精神造成怎样的摧残。一天晚上，他躺在床上，用台灯直直照射自己的眼睛，同时戴上音效最好的头套式耳机，让重金属的声音灌入耳朵——他坚持了不到二十分钟便啜泣着、畏缩着把房间恢复成一片黑暗和死寂。白天，他越来越频繁地在做一些小事的中途愣住——把一袋芹菜递给客人、等巴士、把一杯茶举到嘴边——然后感到一切都错了，他的整个生活都是一个虚假的谎言。

“你得和她分手，她对你没有好处。”安妮卡总这么说，在她的想象中，这世界上没有比恋爱不顺更大的事了。他不止一次发现她在用不同的数字组合破解他的手机——密码曾经是他们共同的出生日期，可是在认识法鲁克的第一天，他就把它改了。

有一天，法鲁克给他看了一张照片。那照片他见过，是一个即将被处决的白人男子跪在沙漠里，正是这画面让全世界看到了哈里发国的残暴。他第一次见这张照片时，心里为男人感到悲伤：砍刀已经架上了脖子，这个男人却还有勇气尽量表现得勇敢，而他唯一的罪状只是生错了国家。但这一次，最让他震撼的却是那男人的衣服，上面的橙色正是他父亲殒命时所穿的监狱连体服的颜色。他的视野已经扩展了。看着那个跪在沙漠里的男人的表情，他明白哈里发国想要用此人的死传达一条信息：你们对我们的人所行之事，我们将如数奉还在你们的人身上。

有一个国家肯为你亮剑，告诉你顺服并非唯一的选择，原来是这样一种感觉。挚爱的真主啊，那喜悦让人热血沸腾。

—

然后他意识到，他已做好离开的准备。

他也说不清这是怎么开始的。他一直忙于改变自己，甚至没来得及停下来记录这变化。他花了如此多时间跟法鲁克一起讨论足球、真人秀、蔬果店的打工生活。其实主题只有一个，最后他终于明白，这主题是一个目的地。

“你确定我要是不喜欢那儿还能再回来吗？”

“当然了，我不就回来了吗？”

“你一直没说原因。”

“来处理点家务事。然后就遇到了你。”

“什么意思？”

“我本来两个星期前就该走了。但我想着如果再等一等，也许你会一起来。”

“你为了我才留下的？”

“是的。”

“你真的会帮我找到我父亲的旧识？”

“真的。”

“你是我这辈子最好的朋友。”

“我是你的兄弟。”

“对，我明白。谢谢你。”

—

他给一个堂兄打了电话，就是卡拉奇的那个吉他手——他一直挺讨厌这个堂兄，因为在他们唯一一次见面时，那个男孩说：“我是巴基斯坦人，而你是个巴基佬。”电话里，他说决定接受这位吉他手的母亲提供的工作，去卡拉奇待上几个月，参与制作一个流行音乐节目，这样也好累积一些专业资历——他整理书面资料时，竟真的有点相信自己会在卡拉奇留下——然后他订了经停伊斯坦布尔的航班，这趟飞机将紧跟着法鲁克的航班起飞，抵达旧奥斯曼帝国的首都。安妮卡说要在复活节去卡拉奇看他，于是他高高兴兴地和她做起了行程计划，两人埋头研究着巴基斯坦的地图。巴德夏希清真寺、扎马扎穆炮、塔米拉遗址、收藏有全世界最多犍陀罗时期雕像的白沙瓦博物馆，还要去卡拉奇参观那个音乐节目的工作室。那个节目几年前开播时他们就一直在听，那也是帕尔维兹即将去工作的地方。

十二月出发的前一晚，伊丝玛做了马萨拉蛋卷为他饯行。在食物的香味中，他对伊丝玛说："如果我喜欢那儿，也许会多待一阵，你也可以来看看。"

在他们母亲去世后的第一个周末，帕尔维兹什么东西都不吃。他无法对自己解释为什么纳西姆阿姨、她的女儿们和安妮卡端来的任何食物他都不想碰，连安妮卡都没了主意。最后，是平时最讨厌做饭的伊丝玛，端着他们母亲每个周六早餐必做的马萨拉蛋卷来到了他屋里。她把蛋卷切成小块喂进他嘴里，一叉又一叉。

此刻，她意外地抬起头，露出了平时只会对安妮卡流露的笑容。"好啊。"她说。

她的微笑让他夺门而出，冲进了十二月的寒冷夜晚，他仰起头数天上的星星，让眼泪不落下来。片刻之后，安妮卡在这里找到了他。

"你得把脸上的毛刮了。"她说，也许注意到他在她走近时飞快地用一只手擦了擦眼睛，也可能没有，"希斯罗海关可能搞不清前卫和原教旨主义的区别，然后认为不能让你坐飞机去巴基斯坦。尤其你还要途经伊斯坦布尔。圣战分子来喽！”

他笑得太过大声，孪生姐姐摸了摸他的手臂。“你确定真的想去吗？你知道，我赞成你去只是因为你显然得离开那个女孩。你永远都不肯告诉我她是谁了吗？我保证揍她的时候下手轻一点。”

“我去是为了提升职业前景，然后好挂在那个亚裔婚恋网站上。但我的简历开头还是要写‘爱着自己姐姐的英俊伦敦男’。”

她朝他走去，直到两人之间几乎再无空隙，然后把头靠在他的肩上。“你和伊丝玛都要走了。我一个人怎么办？”

他用拇指和食指摩挲着她的耳垂。他知道，在他第一次宣布自己要走时她就想说这句话了。再过几周，她就要和如母亲一般抚养她——抚养他们两个——长大的长姐道别。在这种时候，他绝不会为世上任何人抛下她。可那些已不在世的人需要他，他无法拒绝。

—

飞机开始滑行，他不顾关机提示，听起了手机里的音频，名字叫《从花园小屋听双生子》。

那是她的声音：

天不早了，连鸟儿都回家了。

噢天哪，我又打断你了。

你就不能找个不那么孤僻的嗜好吗？

你这些天都在哪儿？

算了。晚饭好了，你还是进屋吧。

飞机轮子离开跑道。他把这段音频上传到她的云账户，然后从手机里删去了她的痕迹。

06

帕尔维兹从背包里拿出土耳其里拉付给了电子产品店老板，然后才像突然想起一般，问他卖不卖能打国际长途的SIM卡和手机。

“新来的要往家里打电话，总有家伙边打边哭哭啼啼，鼻涕都糊上去了。所以他们别再想用我的手机。”他说。

“我不需要知道你们的勾当。”店老板说着走到一个有玻璃罩的手机陈列柜前。“给。”他拿出一部砖头状的电话。在它诞生的年代，人们尚且认为通话和短信就应该是手机的全部功能。而且帕尔维兹相信，这种手机能存活到现在，只是因为犯罪高发地区的人们喜欢带着它当幌子，遇到抢匪时就交出去。“不要钱。”男人大方地说，接着把SIM卡塞进了卡槽里。

“Jazakallah khayr[1]。”帕尔维兹把他刚用一小笔钱换来的大包小包设备抱上，“你这里有没有后门？我的车停在你店后面。”

“你一个人拿得了吗？要不要打电话叫你的朋友来？我也想帮忙，可我的背……”

“这跟他们的军事训练比起来不算什么。”他说。

“你是个战士？我还以为你在阿卜·雷斯的工作室干活呢。”

“没错。但这不代表他们不会教我用安拉的方式去战斗，这是为我有朝一日作出更大的贡献做准备。你呢，我的朋友，你为何还留在土耳其？”

男人的脸变白了。“我在这里另有职责。后门——往那儿走。我去给你开门。”

帕尔维兹步入阳光下，朝停着的成排汽车走去。背后传来关门的声音，他转过身，确认那男人已回屋里，于是把一堆盒子搁在路边，将他那部可追踪的智能手机放在最上面，拔腿就跑。

1 愿安拉回报你的善意。

二

六个月前的那个傍晚，他进入了拉卡，胃部在兴奋和恐惧中痉挛着。一辆摩托车经过装载着高射炮的小货车时突然回火，立刻有士兵调转枪口瞄准了摩托车手的方向。闹着玩的，法鲁克告诉他，放松点！成排的棕榈树在风中用树叶互相拍打，可街道上却感受不到微风。两个男人在伊斯坦布尔机场接法鲁克和帕尔维兹，其中一个是司机，他坚称如果你的耳朵够灵，就能听到棕榈叶正在低语着"安拉"。帕尔维兹说，他的耳朵是车里所有人当中最好的；他说的"灵"是指"神圣"，法鲁克解释道。楼房在经年日晒中褪去了颜色，鸟鸣声却很明快。一只塑料袋挂在对街的电线上，拨动出颤抖的弦音。一个男人正把一块扁面包抛起又接住，面包的直径足有他的手臂那么粗，让帕尔维兹口水直流。"啪嗒"一声，听起来是新鲜出炉的面包落在了街边的餐桌上。一群大胡子男人围在几辆摩托车周围，正用阿拉伯语争论着什么。其中两个穿着长袍和短夹克，其他人都穿着套头衫和长裤。宣礼塔直指天空——到了祷告时间，宣礼词会在一座座尖塔之间回荡。坦克从一座纪念碑旁隆隆驶过，碑上有两尊无头雕像。一个年纪极小的女孩穿着绿黄色的裙子走在两个女人身后，那两个女人身着黑色尼卡布，连眼睛都被遮挡在面纱之下；法鲁克哼着一首热门忍者游戏里的小曲，最后，车里的一个男人警告他不准再对姐妹们不敬，否则他就要报告给 Hisba——这是帕尔维兹第一次听闻道德警察的大名，接着，他就目睹了这个名字如何让法鲁克露出紧张的表情。

到了中心广场，四周的音景变化了，也可能是帕尔维兹没再仔细听，因为他被悬挂在尖头栏杆上的敌军头颅吸引了注意力。奇怪的是这并没有带来太大震撼，电视节目里也许早就放过这一幕。总有一天，inshallah[1]，敌人将不复存在，孩子们可以在广场上玩耍，法鲁克说。由于另外两个男人在场，他的英语中夹杂了一些阿拉伯语，也许正是这点使他的话听起来有点假。接着他们来到了城市的另一区域，此地更加富裕：别墅一般的房子，高大的公寓楼房，粉刷成黄色和白色的建筑外墙也显得更明亮。汽车在一栋两层楼的别墅前停下，法鲁克说："这就是我们的站点。"

"这儿住着谁？"帕尔维兹边问边下车看着这栋奢侈

1　安拉保佑。

的房子，它足有他家街区的三户宅子加起来那么大。

“这是媒体机构的福利之一。”法鲁克说着轻轻推了他一把，嘲笑他脸上难以置信的表情。

别墅门口出现了两个男人，看起来比帕尔维兹大不了几岁。一个是苏格兰人，一个是美国人。他们分别介绍了自己的圣战名，郑重其事地拥抱了他，又用朋友的语气和法鲁克打了招呼。两人都是摄影师，而且，没错，车道上那辆SUV也是他们的——媒体机构的又一福利。

屋内的地上铺设着大理石地板，墙上褪色的地方一定曾摆放过照片或画作。一个非常宽敞的房间里放着一张硬背椅子和一张有花朵式样软垫的沙发，房间隔壁是一间正式的餐厅，里面有一张长桌。走廊上沿路有几个箱子，其中一个男人说那是“我们的装备”。帕尔维兹已经把这两人的名字忘了，只好在心里偷偷叫他们“阿卜·两个字”和“阿卜·三个字”。这里就像个冰柜，降下的百叶窗更增添了几分停尸房的气氛。但两个男子很快带他上了楼，说这儿才是他们起居的地方。楼上的房间明亮通透，舒适惬意。

那个美国人“阿卜·两个字”招呼他走上了环绕式露台，从这里可以俯瞰色彩斑斓的花园。彼时仍是下午，但当他一屁股坐进那湛蓝的豆袋沙发时，一阵“来自幼发拉底河”的凉风袭来，接着他便满怀感激地裹上了苏格兰人“阿卜·三个字”递来的一条披肩。不知从哪儿走来一个男人——“这是伊斯梅尔，他带着全家过来的”——用一只银托盘给他端来了茶和饼干。在露台上能听到各种声音：摩托车和汽车驶过，锤子在敲打，鸟儿在鸣唱，风穿过树枝，落下的勒杜鹃花沿着阳台栏杆在风中舞蹈。虽然那些高挂的头颅和遮面罩的女人仍在他心中余波未平，但看着湛蓝的天空，还有这些陷在豆袋沙发里的男人流露出的战友情谊，他依旧确信自己将发现一个更好的世界。

“总有一天，你也会告诉我们你名字背后的含义。”那个美国人说道。这是个黑人，高个子，笑容很灿烂。他的朋友更沉默，戴着副眼镜，是巴基斯坦和苏格兰混血。美国人所说的“名字”是指帕尔维兹的圣战名——穆罕默德·本·巴格拉姆。在第一个检查站，法鲁克把这个名字填在了帕尔维兹的登记表上，似乎很骄傲能为朋友起这么个名字。它既是为了提醒他父亲所受的苦难，也是为了宣布一个全新的帕尔维兹已经在复仇和正义中诞生了，法鲁克说道。如此一来，他也不好再说自己讨厌这名字。而且后来他很快忘记了起名的问题，因为法鲁克把手伸进他的背包，拿出他的护照交给了登记台的男人，后者脸上是那种随处可见的官僚式冷漠。“放轻松，”法鲁克说，“如果你以后想要回去，我会帮你拿的。但你根本不会想拿回去，你现在已经是 al-Dawla——伊斯兰国——的公民了。”

帕尔维兹努力不去想护照的事，他问两个摄像师在这儿生活了多久。两人说他们在这房子里才住了两个多月，但彼此很快建立了深厚的友谊。他们的灵魂一定早在天国相遇过，直到安拉的旨意让他们在拉卡重逢。他们拍着彼此的手臂和肩膀，这种不自觉的深情看起来毫不荒谬，反而显得如此动人。

“我和这位年轻的勇士也一样，”法鲁克抚弄着帕尔维兹的头发，“以后不能每天见到他了，一定会很不习惯。”

“你要去哪儿？”

“去前线。我是个战士，不是吗？”

“你不住在拉卡吗？”他看到那个美国人摇了摇头，就像校园里的男孩们使眼色提醒他暴露了太多情感，而且通常是对女孩。于是他尽量收起祈求的语气，昂起下巴说：“嗯，有意思，那你为什么不早说？”

“我大部分时候都在外面收拾那群卡菲勒[1]杂种，好

1　卡菲勒（Kafir），阿拉伯语中对不信教者、异教徒的称呼。

让你们这些小朋友安心待在空调工作间里。”

“只管吹吧。你们这些战士真那么重要，为什么我们的收入更高？”美国人说。

苏格兰人举手示意他们打住。“Alhamdulillah[1]，我们在安拉的旨意下各有使命。孰优孰劣只取决于他的信仰有多坚定。”

“兄弟，你是个可靠的人，总能提醒我们什么才是真正重要的。如真神所愿。”法鲁克的语气显得无比真诚，“不行，朋友。我得马上走。等我到达目的地，就能见到我的妻子和孩子了，对不对？”

“你有妻儿？”

“当然了。他们几乎第一时间就给了我一个妻子——而这两位高收入的朋友还在等婚姻局的许可。”

“你只不过是来得早，仅此而已。”美国人说道，“最近的排队时间已经超过六个月了。反正我现在跟一个法国妞聊得火热，她已经准备过来了。”

“不，但是——”他听到自己发出了一声哀呼，但控制不住，“你说过要帮我找到认识我父亲的人。”

法鲁克耸耸肩。“你到了训练营总会碰到几个老圣战

1 赞颂真主。

者。告诉他们你父亲是谁，他们会带你去找他的旧识。”

“什么训练营？”

“你什么都没告诉他吗？”苏格兰人问。

法鲁克没告诉他的是，所有新人都要去沙里亚营[1]进行十天的学习（“本来时间要更长，但我给你填表时，把你的教法知识评为了‘中级’”），然后是六周的军事训练。在那之后，考虑到帕尔维兹已经被媒体机构招入（“你当然会进去的。”法鲁克说，但另外两人没出声），他还要再接受一个月的媒体训练。听起来是有点烦，法鲁克明白，但用不了多久，他就能稳坐在工作室里，拿着一份薪水，还拥有他自己的SUV和房产。说不定连这座别墅都有他的份，当然，前提是婚姻局或那个法国妞愿意把现任房客之一，甚至两个人一起挪到已婚人员宿舍去。

他本以为自己被带到这栋房子来就是为了住在这儿，可现在说这些就太傻了；他不想去伊斯兰教法营，可说出来就太不敬了，他也不想受军事训练，可说出来又太不像个男子汉。这个时候责怪法鲁克也显得太任性，因为要来的是他自己，他却从没想过仔细问问这儿

1　沙里亚（Shariah）即伊斯兰教法的专称。

的生活具体是什么样。他耸耸肩，说没关系，虽然根本没人问他。

“等你安定下来，也可以给婚姻局提交申请。”美国人说道，“虽然要我说，还是在网上找个欧洲姑娘好。她们可比阿拉伯人懂的花样多，你明白我的意思吧？不过这里的老友可不喜欢我这么说。”

“说到和姑娘聊天，我们是不是得把你的位置告诉你姐姐了？”豆袋沙发里传来一阵沙沙声，法鲁克正调整坐姿从后口袋里拿手机。前一晚到达伊斯坦布尔之后，帕尔维兹给安妮卡发了好几条消息，假装自己正欢天喜地地观光，并谎称要在这里经停一天，然后再去卡拉奇。接近叙利亚和土耳其边境时，他说手机已经一晚上没充电，快要关机了，所以她可能暂时联络不上他。

接着，手机就被法鲁克夺走了，他猛地抓住帕尔维兹的手腕，把手机抛出了车窗外。帕尔维兹已深知法鲁克的测试手段，所以只是笑了笑再耸耸肩，心想等自己在拉卡当上音效师，可以用收入再买一部新手机。

“你就在这儿跟她说。”帕尔维兹正想起身时，法鲁克说道。

他登上 Skype，呼叫了安妮卡，想象着她挂在客厅门把手上的棕色手提包里传出来的电泡泡铃声。他把手心往裤子上蹭了一把，等待着。

安妮卡接通了。见她脸上的古怪表情，他首先猜想她一定以为自己还在飞机上。

“你在哪里？”她的声音很急切。

“嘿，在我回答这个问题前，你先发誓你……”

“法鲁克是谁？”

他看了法鲁克一眼，后者抓住了他的手腕，好像正准备把手机转向自己，但苏格兰人飞快地按住了法鲁克的肩膀。“她没遮住脸可不行。”他说。

“你跟什么人在一起？小帕，你在哪里？”她问。

“你怎么会问起法鲁克？”

“你这会儿应该在飞机上。飞机准点起飞了，我查过。你为什么没在飞机上？”

“冷静点，没事的。你怎么会问起法鲁克的？”

“阿卜杜勒跟他妈妈说，你和他朋友的堂哥法鲁克一起去了拉卡。你到底在哪儿？”

“这年头想保个密，就连自己家里人都不能信。”法鲁克说，但脸上并没有多少不悦。

“如果拉卡是你想象中的那种地方，那我永远也不会去的。但其实它不是这样。”

他的喉咙仿佛被什么东西挤压着，连说话的语调都滑稽起来。美国人又朝他投去那种眼神，并再度摇了摇头。他生平头一次发现安妮卡的脸那么陌生，那是他从未见过也不知如何解读的表情。她的嘴抿成一个奇怪的形状，皱缩着，好像吃到了什么恶心的东西却吐不出来又咽不下去。接着她消失了，屏幕前换成了伊丝玛。

“你这个自私的蠢货。”她说。这倒是好对付多了——他朝法鲁克翻了个白眼，把两根手指对准自己的太阳穴，摆出一个朝脑门开枪的动作。“懂点礼貌，弟弟。我们有客人在。”她调转手机屏幕，客厅里的一切都和他的心跳一样熟悉，可这屋子的中央还站着两个男人，“跟 Met[1] 的先生们问个好吧，”伊丝玛的声音还在继续滔滔不绝，“他们要把我们的房子，还有我们的日子都翻个底朝天。再来一遍。你有没有什么话想对他们说？”

他很清楚，阳台上另外三个男人正盯着他，等着看他的反应：警察已经知道他去了哪儿，现在他没有回头路了。

“我姐姐什么都不知道。”他对那两个 Met 的男人说，后者的脸像石雕一般。

1　伦敦警察厅（Metropolitan Police Service）。

法鲁克从他手中夺过手机。“我将亲手把哈里发国的旗帜插在白金汉宫上。”他说完便按下了结束通话键，帕尔维兹愤怒地大喊起来。“怎么？”法鲁克反问，“我是不是应该说唐宁街？”

苏格兰人凑过来，同情地拍拍帕尔维兹的膝盖。“没事的。你在这里完成安拉的使命，安拉也会保佑着她们。Inshallah。”

帕尔维兹看着这个男人发亮的眼睛和坚定的神情，于是低下头作状祷告，这样别人就看不出他的惊恐。

—

几个月后，惊恐成了一个相熟的伙伴，跟随着这个坐在咖啡馆深处、连六月午后的阳光都照射不到的男子。每隔一会儿他就要提醒自己低头看看面前的游客指南手册，再喝一口苹果味的茶。

咖啡馆的前门敞开着，让他得以观察伊斯坦布尔狭窄的街道上，往来穿梭于加拉塔塔和金角湾之间的游客和当地人们。最细微的事物才是最特别的：一只银镯在一个女人的手腕上闪闪发光；女人的手腕本身也熠熠生辉。城里的清真寺传来了宣礼词，街上的买卖吆喝声却依旧，宣礼吏的声音和汽车喇叭一样无人在意。

从桌上托盘表面的反光中，他又看到了那个瘦弱且貌不惊人的普雷斯顿路男孩，几条街之外的理发师帮他恢复了原本的样貌。他此刻的脸十分具有欺骗性，看上去无异于大家曾经认识的那个男孩。他的手拂过剃得干干净净的下巴，那里的皮肤和脸上其他部分的颜色反差让他很紧张。他把棒球帽压低，遮住剪短的头发，缩起身子。从电子产品店逃出来后，他疯一般拦下一辆出租车，“带我去买衣服的地方，离这儿远一点。”吩咐完司机后，他给安妮卡打了电话。

屋外的露天餐桌上，有人拔高了声音，正兴奋地说着什么“亚洲和欧洲的交汇点”。多过时的观念啊，为何人们仍觉得这很了不起？强权国家发起的暴力话语能抹除表象之下的差别。两个女孩经过，肆无忌惮地大笑着。笑声不绝于耳，从喉咙一路钻到腹部，远比镯子和手腕更加张扬。也许一切的纷争都只是为了表象。他还记得自己只看见表面上的自由和安全时是什么感受，他感到飘飘然，被渴望牵动着心。

他再次低头看书。书页上的文字被头顶的灯光微弱地照亮，读起来毫无意义。离开尼扎姆街，一路经由火炬街朝海滩走，你最后会来到列夫·托洛茨基的故居，这座破败的房子立于荒芜的花园之中。怎么会这样呢？它邀请人们来到这个世界，只为了让你朝海岸的方向逛一下午，最后止步于一座曾住过大人物的破房子。不，这不是邀请。书中的字里行间都默认你本来就属于这个世界，你一定会来看列夫·托洛茨基的故居。其中饱含着自信与肯定。他是不是也曾有机会过上这样的生活——买张廉价机票，订个青年旅舍？为什么不呢？有安妮卡在身边，他也可以从尼扎姆街出发，一路走向海岸。但不行，伊丝玛不会同意的。“我放弃自己的人生去干洗店打工才让你们有饭吃，现在该轮到你们了。就算你挣不到奖学金，至少也补贴点家用。”他意识到，对家的思念之深甚至让他连伊丝玛都想见，想回到和她不痛不痒吵架斗嘴的日子。当然，前提是他们允许他回家，而不是把他交到盟国手上，送到法外之地的监狱里去。也许他们现在学会留人一命了；也可能他们根本不在意犯人的生死。他们想要的只有情报，而他掌握的消息少得可怜，人家根本不会信。又或许他们只是喜欢严刑折磨别人。“能让暴力者尊重的唯有更多暴力。”去年秋天，法鲁克曾这么说过。在那几个星期里，法鲁克口中说出的每一个字都那么睿智而动听。帕尔维兹把脚掌踩进地毯。镇定，面不改色的镇定——这也是法鲁克教他的。

就在他感到必须靠尖叫来释放胸口的压力时，手机屏幕亮了，是安妮卡。

護照和機票都到手了。再過三小時起飛。

正赶去機場[1]。

把你的**大寫鍵**关掉，吵死了。

别以爲你可以指揮我，蠢蛋。

我也爱你。

回头见，多愁先生。

回头见，善感小姐。

他又点了一杯咖啡和一份面包。也许等她来了，他们还有时间去看看破败的房子和荒芜的花园。一个大胡子宽肩膀的男人出现在门口，影子被投到咖啡馆深处。有人在向服务生问路。伦敦也不缺大宅子和花园。而他在伊斯坦布尔想看到的只有两件东西：英国领事馆和机场。到明天此时，他就已经回到普雷斯顿路了。安拉保佑。

手机又震动起来，这让他微微笑了一下。急性子的

1 原文安妮卡用了一部分大写字母，此处用繁体来对应。

安妮卡。他在座位上抬起身，从后口袋里拿出手机来看：

你已经死了。我的小勇士。

一

男人跪在沙地里，浑身纹丝不动，只有嘴唇在微微蠕动着。

“找个东西把他嘴堵上。”拉卡音效工作室的主管阿卜·雷斯说，“这会干扰到我们。”

帕尔维兹跑回那辆SUV旁，几分钟前，他和阿卜·雷斯才刚驾驶着它来到这电影中才有的场景。冬季湛蓝的天空，没有一丝风，整片沙漠里没有扬起一粒沙，也没有其他生命迹象，除了这个跪着的男人和坐在几尺外的刽子手。后者正转动着手中的刀，刀身把阳光反射成一束跳跃的光。帕尔维兹拉开后座车门钻了进去，在这个他人视线触及不到的地方，他把头抵住车的真皮内饰，努力止住从踏出SUV那一刻起就抖个不停的双手。他明白即将要发生什么。

时值三月下旬，他终于熬过了沙里亚课程的乏味无趣和人身侮辱。在课上，他被教导自己所爱的每一个人都是异教徒或叛教者，这两类人都该死；而且不能穿着带文字的T恤，不能给任何人指错误的方向，也不能允许你的女人在公开场合坐下，这些都违背了安拉的意志。他熬过了军事训练，并在训练中学到恐惧能驱使你的身体做出不可能的壮举。他还发现波西尼亚、车臣和克什米尔的圣战者们都会在冬天回家团聚几个月，而那些人正是他父亲的同辈。这些零碎信息让他在深夜埋进枕头里抽泣，并非因为他明白了父亲从来没爱过他（虽然他确实醒悟了），而是他终于发现，自己跟父亲是一路货色，他们都抛弃了自己根本不配拥有的家人。直到熬过这一切时他才明白，自己背井离乡来到了一个摒弃快乐、冷酷、毫无人性的地狱。可即使如此，他仍以为最艰难的日子已经过去。媒体部接收了他，对他进行了培训（在学习中他甚至找到了乐趣）。现在，他在拉卡的音效工作室谋得了职位，同时接手了苏格兰人在别墅留下的空缺（婚姻局给苏格兰人找到了妻子，但是美国人的法国姑娘最终还是没来，那是近三个月里唯一让帕尔维兹由衷高兴的消息）。在音效工作室的两周里，他主要被分配的都是些低级工作——给失真的人声修音、给阿卜·雷斯杂乱无章的声音文件整理分类。可今天，阿卜·雷斯，这个众所周知喜欢单干的人，却叫他一起来布置一场重要的野外录制。他感到很骄傲，哪怕法鲁克在到达拉卡的第一天后就没了踪影，答应帮他寻找父亲战友的事也没了下文。

他听到阿卜·雷斯在叫自己的名字——他已经学会对那个名字做出反应——于是从杂物箱里扯出了一团布。每蹒跚着往回走一步，脚下的沙子就下陷一些，双手在口袋里紧紧攥成了拳。刽子手举起刀，朝跪着的男人颈部砍去。帕尔维兹弯下腰，把胃里的东西一吐而空。当他直起身用手背擦嘴时，刽子手正再次扬起刀，砍在距离男人脖子几寸的地方。阿卜·雷斯头上套着耳机，正检查DAT水平。刽子手指了指另一个方向，于是阿卜·雷斯朝他指的几英尺外走去。他们正在预估头颅离开肩膀后的运动轨迹，以便确认麦克风的放置点。

他走到跪着的男人面前，弯腰把布团塞进他嘴里。男人的嘴唇仍在动，这时可以辨别出来了，他在祷告。Ayat al-Kursi，那是帕尔维兹的奶奶曾教他在苦难时刻念诵的祷文；是他自己从SUV走向这个男人时低诵的祷文。男人抬起了头。帕尔维兹后来完全记不起男人的脸，却记得他那双道尽一切的眼睛。

“你过来听听。”阿卜·雷斯说着递过他的耳机。帕尔维兹伸手去接，却没接住。“你的手怎么回事？”

他摇摇头，捡起耳机，终于把它扣在了头上。阿卜·雷斯眯起眼睛，又递过去一个麦克风。耳机里传来麦克风在他手上哆嗦的声音。战栗一路蔓延到手肘。

“我控制不住，”他说，接着补充道，“我不太舒服。”

“去 SUV 上躺着吧。”阿卜·雷斯说完，转身走开。

他照做了，躺在车后座上，脑中一遍又一遍想象着那个画面：利刃划过空气，切开血肉和骨骼，躯干轰然倒地，人头弹落在沙地上，翻滚出去，最后停下。上面的眼睛还睁着，没有恐惧，唯有控诉。

砍下一颗人头需要多长时间？

最后阿卜·雷斯回到车里时，帕尔维兹说：“我不懂安拉为什么要让这样的事发生。我的意志朝着那个方向，可双手却无法遵从。我一定是哪里辜负了祂。”

见他援引安拉的意志来为自己的失败辩白，阿卜·雷斯投去了一个长长的、意味深远的眼神。一次忠诚上的小小失足就能让一个人被剥夺所有权利、流放到城镇的边缘去挖壕沟，而那些地方很容易成为空袭炸弹的目标。“你应该彻夜祷告以祈求原谅。”阿卜·雷斯说。

“我会的。”他答道。他不知道这个沉默寡言的伊拉克人是真的相信了他，还是仅仅不想失去一个得力手下。在这个地方，你不可能知道谁是真正的信徒，谁又在逢场作戏——因为恐惧，因为贪欲，各种原因都有可能。摘下面具的代价太大，没有人敢冒这个风险。

接下来，他日复一日地在工作室里编辑那些斩首、十字架刑以及鞭挞的音效。这既是测试也是种惩罚。在工作室里，他控制住了自己，让自己飘渺地俯视那个地方，除了修正声音以外其他什么也不想。钉子和刀刃穿过血肉，奏响不同的音调和音色，他甚至从这些发现中感受到魅力。在濒死的惨叫声中，有的人还是人，有的人已经成了牲畜。他，穆罕默德·本·巴格拉姆，如今将自己归为了牲畜。

也正因为如此，虽然他进了工作室后就拿到了自己的手机，也终于可以在没有“看护人”从旁监听的情况下和姐姐通话，但却始终没有打给她。他只是每天发一条消息，让她知道自己还活着，然后下线。他想象不出该怎么和她聊天。你最近在忙什么？今天过得如何？近来还好吗？

但接着，就在四月初的一天，他登上 Skype，想像往常那样发条消息，却先收到了她的留言：给我打电话。

我有个办法能让你回家。

家。家只属于过去，他已经背弃的过去。家是 MI5 绝不会让他回去的地方。

我在这里很好。他答道。

她回复了。撒谎。

—

他走出咖啡馆，低着头，一改往日的步态。他一边留意着法鲁克的白色 SUV，一边慢吞吞经过加拉塔塔，来到独立大道的宽阔步行街上。眼前出现一家在伦敦也有分店的服装店，这给了他些许安慰。他走进去，买了一条蓝色牛仔裤、一件灰 T 恤和一顶黑色棒球帽，帽子上还绣着商店的名字。他换上全套新衣服，把几个小时前才刚买的那套留在更衣室里，离开了。

他的下一站是手机店。那部砖头手机里的 SIM 卡已经被销毁了，以防别人定位。买新卡需要身份证件，可还有一种方法，他发现，先前在电子产品店大采购时剩下的那一大笔土耳其里拉大有用处。他把新 SIM 卡塞进砖头手机里，给安妮卡发了条消息，告诉她自己的联系方式。她的飞机应该就快要起飞了。

能这样做点什么而不是坐等法鲁克来咖啡馆抓他，这让他多少安心了一些。他漫无目的地在街上走了几分钟，躲在人群里，看着沿街建筑的典雅外墙。那些书店和电影院吸引着他，但还是在大庭广众下、茫茫人海中更有安全感，这样他就有不止一个方向可逃。一条白袖子在他的眼角余光里一闪，他的腿立刻软了，但紧接着，他的目光顺着那条手臂游移上去，看到的是一张陌生人的脸。

他坐在一家商店前的台阶上，闭上双眼，强迫自己回想那天和安妮卡在厨房开着亚裔婚恋网站的玩笑时播放的歌。奇姆塔和贝斯，多赫拉和鼓点，一个男人的嗓音正吟唱着一首歌，歌的发源地比历史的河流还要深。他把膝盖蜷缩到胸口。街对面是一条狭窄的小路，只要他径直走过去，就会到达英国领事馆。也许他就应该这么办。为什么要等安妮卡呢，为什么要把她也卷进来？他可以直接前去：我犯了错。若我触犯了法律，我已准备好面对审判。让我回伦敦吧。但他是个恐怖分子父亲的恐怖分子儿子。他把头搁在膝盖上，不知该如何摆脱这条历史的河流，如何甩脱他亲自沾惹在脚踵上的恶魔。

一

一架米格战斗机投下炸弹，距离之近让工作室的窗户和公共餐厅的盘子都叮当作响。

“走，”阿卜·雷斯说道，“动作快，带上这个。”他从口袋里掏出 Zoom H2 录音机，但帕尔维兹已经站起来，手伸进口袋，证明他没有忘记最基础的一课：无论走到哪儿都带着可携带录音设备。“很好！走吧。”

他开车朝浓烟升起的方向前进，一手按着喇叭示意沿路车辆避让。还没到达浓烟最密集的地区——集市——他就减速，关掉空调，降下车窗，让五月的炎热空气和市区的噪音交织成的嘈杂声涌入车内。整个拉卡的发电机轰鸣声组成了一幅声学地图，光听声音就知道哪些是伊斯兰国成员生活和工作的区域。这种当地人和统治者之间的不平等，他早已司空见惯，甚至不再去留意。不久，他听到一阵重复而漫长的哀嚎声从一条街上传来。街道太窄，他只能先把 SUV 停在街角再步行进去。街角站着几个男人，纷纷扭过脸背对着那条街。凭借他的外国人长相和身上的白袍，所有当地人都能一眼认出他是伊斯兰国的人。他们盯着他，有几个人似乎想说什么，但他飞快地从他们身边走过。直到这时，他才听出哀呼声来自一个女人，她在喊“救命”。

狭窄的街道上空无一人，连沿街商铺都空空如也。帕尔维兹跑起来，他现在已经能看到倒塌的墙了，虽然还看不出下面压着什么。

一声尖锐的声响传来。一辆他本以为空置的卡车打开了门，他这才认出车身一侧的字，这辆车属于Hisba——道德警察。一个看上去比帕尔维兹大不了多少的男人走出来，先用阿拉伯语对他说了句什么，见他听不懂，才换成英语。

“她摘掉了面纱，你不能接近她。我们已经叫女子部队过来了。”他的一只手始终挡在脸的一侧，以防自己因为不经意的眼球转动而看到那个没戴面纱的女人。

“求你了，”她喊道，“求求你，救救我。”真主啊，是伦敦口音。那声音很年轻，也许和他一样大，和安妮卡一样大。

“如果我们去救她，这罪孽总不会比放任姐妹受苦更重吧？”

“她被放任受苦是因为她摘掉了面纱。”

“也许她只是想透一口气。”他提高了声音。这样她能听见吗？他心想，听出他的伦敦口音？“求求你，”她还在喊，“求你救救我，我好疼。”接着这声音让他的心揪紧了，“妈妈！妈妈，对不起。”

一阵回忆涌上心头，当他在花园小屋摔倒时，曾有一双手臂把他扶起来，用脸颊贴着他的脸颊。那是他的母亲，或是伊丝玛。现在就在他几尺之外的地方，有一个没戴面纱的女人。那是一张女人的脸，有着柔软的脸颊。也许她有一口烂牙，歪扭的鼻子，脸上还有水痘的疤痕，但她仍是这世界上最惹眼、最危险的东西。

“兄弟，请你自重。”

那一刻，他有千言万语可以说，哪一句话都能让他送命，除了这一句：

“愿安拉回报你的善意，兄弟。感谢你的指正。也感谢你保护了我们姐妹的庄重，让她免受陌生人的注视。”

男人抓住他的手，用力握紧。“你娶妻了吗？没有？你应该娶妻的。我们会给你找个妻子。赞颂真主。”

“赞颂真主。”他一说完便把手抽了出来，但不敢提前这么做，怕显得不友好。

“求你别走，”她在他身后喊道，“求求你，兄弟，你为什么不帮帮我？”

噢，让我聋了吧。安拉，带走我的听觉吧。把这声音的记忆全部带走吧。

他的脸上怎么了，让街角的男人们都畏惧地退开？十九岁的他已经能吓退成年男人们。他是伊斯兰国的人。

他大步回到SUV上。一进车里，他就摇上车窗——他下车时把车窗大开着，因为知道没有谁敢碰他这种人的东西。这也是他渐渐习以为常的事情之一，是他享受到的小小特权。他低声祷告着登录了Skype，她正挂着"勿扰"状态，但这从来都不是针对他。他选择了音频通话而没有开视频聊天，以免别人透过车窗看见他正和一个没戴面纱的女人说话。

"小帕！感谢真主，噢，感谢真主！"

她那久违的声音击溃了他。他把额头靠在方向盘上，不让人看见他一度以为自己再也流不出来的眼泪。

"怎么了？你出事了？"

有些事你已经遗忘了。那是有人用充满爱的声音对你说话的感觉。

"不，我只是……我在这儿待不下去了，我受不了了。他们收走我的护照逼我留下来但我不行了，我以为只要我学会了规矩……但我不行，我不行。我只想回家。"

他听到她在电话那头长长地出了一口气，终于明白，她从自己离开那天起就在等这一句坦白，可他却不开口，这又给她多添了一层伤害。他开始道歉，但立刻被她打断了。她的声音有着家族女性的果敢利落，他深爱这个家，他想念这个家，他从一开始就不该离开家。

“你得去伊斯坦布尔。你能做到吗？”

“我不知道，也许吧。总会去得了的。等他们足够信任我了，我就能拿到通行证，只要有理由。”

“那就想个理由出来。然后去英国领事馆，让他们给你一本护照。”

“安妮卡，我现在是敌人。你知道他们是怎么对待敌人的。你知道吧？你真的明白吗？你不是说你有办法——快告诉我你有办法了。”

“爸爸的事不会发生在你身上的。”

“这你可没法保证。”

“我正在搞定这边。”

“什么意思？”

“等见面再和你解释。有些事得当面才能说清。但你相信我。”

“你在搞什么鬼？”

“说来好笑。我以为我做这些都是为了你，可到头来却让我收获了很多。等我解释给你听的时候要记住这句话，好吗？”

“老天啊，什么情况？你跟MI5的头头搞上了？”

那种取笑她的快乐，发现自己仍能发出这种声音的快乐。

“闭嘴。快回家。”

“好。”

二

独立大道上的行人络绎不绝，人们开始注意到这个坐在台阶上、双手抖个不停的男子。他站起来，三两步走进了对街那家陈列着书籍和旧地图橱窗的商店。店内柜台后的一个老人抬起头来，点点头，又重新低下头去看报纸。这里有一种宁静，别人会称之为“气氛”，而他知道这都是因为地毯吸收了脚步声，关上的门挡住了外界的嘈杂，再加以空调发出的低鸣。他走向展示地图的木柜，其中有四个抽屉，每一格都放着一打旧地图。奥斯曼帝国，君士坦丁堡，亚洲土耳其，小亚细亚，埃及和迦太基，达达尼尔海峡，九世纪的阿拔斯王朝哈里发。

他一手拿起几张地图，另一只手紧紧攥着那部砖头手机。安妮卡此时应该回他消息了。她那边一定出了什么事，他不知道具体发生了什么，但当他坐着出租车风驰电掣地逃离电子产品店时给她打过一个电话，当他说自己已经在伊斯坦布尔时，她起先表现出怀疑，接着是暴怒。你为什么不提前告诉我？“我不想给你太多希望，免得出意外。”为什么偏偏是今天！“怎么了，今天有什么问题吗？”没有，算了，会好的。今天很好。只是……马上就会解决的。会好的。“你到底是在说服我还是在说服你自己？出什么事了？”这样，我要先给人打个电话，我一会儿再打给你。

可当她几分钟后回电时，却变得很焦躁。他问她是不是都安排好了，她没有正面回答。他说也许现在最安全的做法是回到法鲁克身边，等以后再找机会逃跑。不行，去领事馆。“我做不到，谁知道他们会怎么对付我。”不，等等，给我五分钟，我再打给你。“不行，如果我要回去就得现在走，趁他还没发现我逃了。”不，不，不，别回去。我去找你。我坐下一班飞机。你先找个他发现不了的地方，然后等我到那儿。我们一起去领事馆。这样至少能见到她，这是他脑袋里唯一能想到的。无论领事馆里等待他的是什么，至少他能先见到她。他可以忍受任何事，只要能先见到她。

他的脑子里突然开辟出一小块清醒的空间：她的孪

生弟弟就是在这里投入敌营的，他们怎么可能让她上飞机来这个地方？也许她此刻还在跟他们据理力争，一定要拿到登机牌才肯离开机场。伊丝玛的声音在他脑中响起：自私，不负责任。她说得对。

他发消息给她：你不用亲自过来拉着我的手。不会有事的。我现在就去领事馆。很快就能到家了——到时候还吃比尔亚尼炒米饭？菜谱书上第 131 页。

按下发送键。他的双手不再颤抖。

一

到头来，还是法鲁克成了他逃跑的契机。一天下午，法鲁克出现在那间别墅兼工作室里。帕尔维兹刚在有顶棚的阳台上结束晌礼，正从那条祷告毯上走下来。法鲁克给了他一记锁头，然后用力吻了吻他的太阳穴。

“我的小勇士长大了，”他说，“你有没有午餐时间？”

刚在一旁和帕尔维兹一起礼拜的阿卜·雷斯拍了拍法鲁克的手臂。“你是谁？你来这里干什么？”

“我是个战士。”法鲁克说着把肩膀往后收紧，挺起了胸膛。这个动作曾让帕尔维兹崇拜，现在却只觉得可笑，“我还是他的介绍人。”

阿卜·雷斯一脸漠然，每当别人暗示他的手下在工作室之外还有别的人生时，他都是如此。“现在吃午饭还太早。”他只说了这么一句。

“我要开车出去一趟，”法鲁克以一种扬扬自得的语气说，“明天去伊斯坦布尔接几个新招募的人。”他瞟了帕尔维兹一眼，“那几个堂兄越来越能干了。”

帕尔维兹强迫自己摆出一副欣喜的面孔。就在几周前，当他们在俯瞰幼发拉底河的餐厅里吃烤腌羊肉串时，苏格兰人证实了帕尔维兹已经隐约发现的事实：遇见法鲁克时，正逢他来伦敦培训他的堂兄做招募人。帕尔维兹出现得正是时候，刚好充当了他们的实验猪。苏格兰人当时并没有用“实验猪”这个词，“猪”这种禁忌词实在无法启齿，于是他找到了别的表达方式，把帕尔维兹说成安拉意志下的某种工具。从法鲁克此刻的态度来看，似乎帕尔维兹也应当这么想。帕尔维兹想象自己用一把剑刺穿法鲁克的喉咙，听那鲜血汩汩流出的声音。

“把他也带上，”阿卜·雷斯说着用大拇指指了指帕尔维兹，“工作室需要些新设备。”

“除非你能在我出发前给他弄到通行证。”法鲁克怀疑地说着，看了看自己的表。

“当然可以。”阿卜·雷斯说。

得来全不费工夫。

—

他站在梅斯胡提耶大街的人行道上，看着砖墙上竖起的黑色矛尖。透过它们，只能瞥到领事馆的一部分外墙，但屋顶上飘扬的旗帜却一览无余，红白蓝三色振奋着他的心。奥运场上的莫·法拉赫，纳西姆阿姨从女王金禧庆典上带回来作纪念的蛋糕烤盘。

伦敦。家。

安妮卡

Aneeka

07

I

她的头脑根本不明白如何去接受这种可能。换成世上其他任何一个人都可以。其他任何人都难逃这一天。有些是阶段性的：他们的祖父，半瘫痪了几周，无法言语，连呼吸都如此陌生。有些则如晴天霹雳：他们的母亲，在她工作的旅行社里突然倒地不起，早晨用过的茶杯边缘还沾着她的唇膏——那只茶杯后来一直被珍藏着，直到有一天，双胞胎中的一个在怒气中站起来，抓着杯柄把它摔出去，将母亲的唇印砸得粉碎（安妮卡很肯定那是她干的，帕尔维兹却一口咬定是他）。有些是造化弄人：大家都以为他们祖母等待的化验报告将是她的死亡判决书，她却在过马路时遇上了一个急转弯的醉酒司机；两周后，医生的电话带来了好消息：肿瘤是良性的。还有的则很抽象：他们的父亲，这个在他们生命中从未露面的男人，在他们没学会称他为父亲时就死去多年。所有人都死了，只剩下这对双胞胎，从彼此眼中看着自己的悲伤。

悲伤的感觉五味杂陈，唯独感觉不出悲伤；悲伤毁灭了所有知觉，唯独毁不掉悲伤；悲伤让双生子中的一个穿着同一件T恤几天不肯换下，只为了留住逝者仍然活着的那个早晨；悲伤让双生子中的一个剥掉天花板上的星星，躺在床上，让指尖沾着点点星光；悲伤性情暴躁，悲伤和气友善；悲伤除了自己什么都看不见，悲伤看得到世间每一粒痛苦的微尘；悲伤张开它如鹰般宽阔的双翼，悲伤像豪猪般蜷缩成一团；悲伤渴望陪伴，悲伤寻求孤单；悲伤想要铭记，想要忘却；悲伤狂怒着，悲伤啜泣着；悲伤让时间收缩；悲伤的味道是饥渴，触感是麻木，声音是寂静；悲伤的味道是胆汁，触感是利刃，声音是世间万物。悲伤有千万种形状，又无形无迹；悲伤的影子能够在那个双生子的眼中被捕捉到。那个早上，你们一起醒来，其中一个唱着歌，而另一个捕捉到那歌声时，悲伤听到了它的死亡判决。

当此生第一次成了孤单一人的消息传来时，她把它远远推开。这不是真的，他们说的是别人，不是他。证据呢？拿给我看。不，他们办不到的，因为那根本不是他。如果是他，那现在带着消息坐在纳西姆阿姨家客厅的就不该是这个人，这人胸前的口袋还露着一截塑料梳子。他不是你们的人，她告诉那男人；我们不是你们的人。然后她把那人晾在楼下，自顾自回房间补习课堂阅读材料——自从前一天弟弟打电话来之后，她就没顾上学习。现在他一定在生气吧，因为她保证过会去接他却失了约。她把门反锁上，无视纳西姆阿姨的敲门和哀求声。这不是她的错，是他们不让她去。“这是为了保护你。”他们说，同时没收了她的护照，也不说什么时候还给她。但也不一定，也许他没生气，他正在回家的路上，发出的消息被卡在了国外网络的某个节点上；这种事也常有，通信发生了阻塞，消息长达几个小时甚至几天都无法跨越国境，紧接着，狂轰滥炸的手机铃声就会响起，每条消息都以三倍的数量涌来。六个月前，卡拉奇的姨妈发来消息时就是如此：他到哪儿了？他什么时候来？他至少该打个电话说一声吧，英格兰这点规矩都不教吗？他此刻正在回来的路上，他会飞回家，坐在窗边看外面的星星——在冷冽、深色的夜空中，卡斯托尔和波吕克斯这对双子星正手拉着手。

她睡着了，接着不知何时，一双手臂搂住了她，那是童年时熟悉的感觉。这不意外，但丝毫没有减少她蜷进孪生弟弟温暖怀抱时的幸福。她就这样深深地沉入睡眠，躲进一切噩梦都无法企及的地方，被爱紧紧包围，那是来自天堂的预兆。

II

阳光照着她的眼睛，已经是晌午了。她在床上翻了个身，睡眠和期待令身躯沉重。身边一个人都没有，只剩下枕头上的一块凹陷。她起床下楼，听到纳西姆阿姨和她两个女儿女婿的说话声。他们都放下工作来欢迎那个男孩回家了吧，过去六个月以来，他们一直对男孩的消失闭口不谈，让所有人都以为他还在卡拉奇。卡里姆巴伊[1]——纳西姆阿姨的大女婿——把自己平时去巴基斯坦用的手机给了安妮卡，她能用它偶尔假扮帕尔维兹给他的朋友们发点消息。挺想家的，但一点都不想念家里的天气。骆驼看起来那么暴躁是因为它们永远摆脱不掉自己的臭味。抱歉最近没上线——我还在进行探索内心的修行。“迟早还是会被人发现的。”卡里姆巴伊说过，但她从一开始就知道，她的弟弟在外面绝对待不久。

但为什么向她走来的人是伊丝玛？这个骗子，叛徒。不过反正帕尔维兹回家了，她可以既往不咎。可即使如此，为什么伊丝玛又要用那种熟悉的、家人般的方式抱住自己？为什么伊丝玛的脸上带着她见过太多次的

1　巴伊（bhai），乌尔都语中的“兄弟”。

表情，告诉她妈妈死了、爸爸死了时的表情？为什么她要含着眼泪、声音沉痛地说“纳西姆阿姨打完电话我就赶第一班飞机过来了”，还说“我们永远都还有彼此”？伊丝玛从来不是永远，从过去到将来，从摇篮到坟墓，能说“永远”的只有帕尔维兹。

而为什么他又回来了，那个口袋里插着塑料梳子的男人，那个巴基斯坦高级专员署的代表？他一见安妮卡进屋就举起双手为昨天的事道歉，他该道歉的是误把别人的噩耗带给了他们，而不是现在这样，道歉自己没有双手合十背诵 Inna lillahi wa inna ilayhi raji'un——我们来自安拉，我们必将归于安拉。

“不对，”她对男人说，“你把他和别人搞错了。他是英国公民，他跟你们一点关系都没有。”

“我很遗憾，”男人沉痛地说，他看着伊丝玛，后者正抓着安妮卡的手，好像她们之一是个需要牵着过马路的孩子，“你们显然是善良而虔诚的一家人，你们的政府不该这样对待你们。这届内政大臣总想证明他对穆斯林的某些看法，不是吗？”

她全副心思都在等帕尔维兹的消息，竟然没察觉到艾蒙没有回电。

III

［闭路字幕］

土耳其政府于今早确认，在伊斯坦布尔英国领事馆外被飞车枪杀的男子姓名为佩维兹[1]·帕沙，出生于温布利，为英国穆斯林，此人已加入ISIS。情报部门已察觉帕沙去年十二月进入了叙利亚境内，但尚不明确此人接近英国领事馆的目的。不排除恐怖袭击的可能。从白色SUV内向帕沙射击的男子目前身份不明，但安全分析专家认为，他可能属于某个竞争关系的圣战分子集团。

有关佩维兹·帕沙，内政大臣几分钟前刚接受了我们的政治新闻记者尼克·吕本斯的采访。

-那么，我们现在又有了一例英国公民——

-我必须要打断你一下，尼克。如你所知，从我上任那一天起，我就把所有具有双重国籍、又抛弃不列颠加入敌营者的公民身份撤销了。我的前任大臣只是选择性地使用这种权力，而我已经反复说过，这

1　应为媒体误将帕尔维兹（Parvaiz）拼成了佩维兹（Pervys）。

是一个错误。

-所以佩维兹·帕沙拥有双重国籍?

-是的。英国和巴基斯坦。

-既然他现在已经死亡，撤销公民身份还有什么实际后果吗?

-他的遗体将被遣送回他的母国，巴基斯坦。

-他不会葬在这里吗?

-不会。既然一个人生前背弃了英国的土地，我们也不会让他死后再来玷污这片土地。

-他在伦敦的家人接到通知了吗?

-那就是巴基斯坦高级专员署的事了。抱歉，尼克，我的时间到了。

IV

#狼群#

正成为热门话题

#变态[1]帕沙#

正成为热门话题

#别玷污你的土地#

正成为热门话题

#哪来的回哪去#

正成为热门话题

1 变态（Pervy）和Pervys相近。

V

厨房里摆满了为前来悼念者准备的饭食，然而没有一个人上门。只有格拉迪丝打过电话来。她的女儿下午赶到，把她塞进车子带去了黑斯廷斯。她在那里将被禁足，直到新闻里不再重复播放那个睫毛膏弄花到脸上的女人冲摄像机大喊的画面：“他是个漂亮又温柔的男孩。轮不到你们来告诉我他是什么样的人。我从他出生那天就看着他长大。无耻！内政大臣先生，你无耻！把我们的男孩还给我们，让我们自己埋葬，让他的母亲在坟墓里和儿子团聚！”

VI

@格拉迪丝在拉卡

推文 2　关注者 0　粉丝 2452

哦哦哦多漂亮的小男孩啊，让我掀开面纱好好看看他们——哎哟，我会温柔的。＃钉上十字架＃

来嘛小男孩们，看着我。我会那些 72 处女不会的事情哟。＃也许这不是天堂＃

VII

这是什么？不是悲伤。她了解悲伤。悲伤就像个和他们一起长大的异母兄弟，不受欢迎却又摆脱不掉。悲伤是他们生命的羊水。当她直视悲伤的眼睛，她的孪生弟弟却越过悲伤的肩膀望向后面，告诉她世界另一边的模样。悲伤会随着你的形貌而变化形状——它像第二层皮肤般包裹住你，让你学会滑入其中，继续生活。悲伤是上帝和死神之间的契约：死神要在生者和死者之间划下一道无法逾越的河流，而悲伤是一座桥，让死者在生者之间穿梭，它们的脚步声悬在头顶，它们的笑声回荡在角落，它们的姿态附着陌生人的身体，让你在街上一路跟随，宁愿他们永远别转过身。悲伤是你欠死亡的一笔债，是你抛下逝者继续独活所必然犯下的罪。

但这不是悲伤。它没有形影相随，而是把她鞭笞得皮开肉绽。它没有包裹住她，而是渗进她的毛孔，让她浮肿得面目全非。她听不到他的脚步声和笑声，她再也不会曲起身体，保持和他一样的姿态，她无法看镜子，看着他的眼睛回望自己。

这不是悲伤，这是愤怒。这是他的愤怒，那个男孩的情感丰富多彩却唯独没有过愤怒，所以这是他身上陌生的部分，现在他把这愤怒全部给了她，那是他唯一留给她的东西。她把这愤怒捧在胸口，哺育着它，抚摸着它的鬃毛，她在没有星星的夜空下对它低诉着爱，用它闪闪发亮的爪子磨尖自己的牙齿。

VIII

警察上门来了，膝上搁着记事本，手里拿着录音笔，心安理得地接受伊丝玛的感谢——感谢他们没有坚持在苏格兰场做调查。

“你们为什么不让他回家？他想回家，他在努力想办法回家。”

可他们不是来调查帕尔维兹的，他们是被指派给内政大臣的 SO1 要员保护组。

“哦，原来是为了艾蒙？”

伊丝玛正拎起茶壶要给几位警官倒茶，此时却像忘了自己要做什么，拿着茶壶一动不动地站在离桌子几尺之外的地方盯着妹妹，血色从脖子根一直蔓延到她的脸上。

“我和他在一起是觉得他能帮我。自己去问他吧，他会告诉你们的，我就是想让弟弟回来。我现在只有这一个目的。为什么要隐瞒？你们觉得呢？因为有你们这些揣着小本子和录音笔的家伙呀。因为我希望艾蒙能心甘情愿为我赴汤蹈火，不用等我开口求他帮我弟弟。我有什么不好承认的？你们如果要帮自己最爱的人，还会有什么顾忌吗？好吧，显然你们谁都不怎么爱，毕竟你们的爱全取决于那些一成不变的家伙。”

看看伊丝玛，她还没倒茶就把茶壶放下了，现在正盯着自己。一些以前从未有过的疑虑在她心中发芽。她会是什么感觉呢，假如她心中还容得下其他感受？

“用不着警告我这些。现在联系他对我还有什么好处？”

等他们离开后，剩下的是受伤又震惊的伊丝玛。

“别这么看着我。你要是喜欢他就该自己上。你对我们弟弟的爱怎么还不够你亲自来做？”

IX

“安妮卡，我能上去吗？”

“干什么？我不想看到你，反正你现在知道艾蒙的事了，你也不想看到我。”

“你是我唯一的家人了。没有比这更重要的事。”

“那是什么声音？”

“搬家工人在屋里打包东西。”

“他们走了？那家移民？”

“嗯。他们那扇很贵的窗帘和有四个加热档的电水壶都留给我们抵下个月房租了。”

“你在怪他，对不对？害你损失了你的上等人房客。”

“别再说得好像只有你一个人伤心。他是我的小弟弟。”

“那艾蒙呢，他算什么？我看你心里更在意的不是帕尔维兹而是他吧。”

“你为什么非要这样出口伤人呢？他只是我生命里的一个片段，你们两个就是我的生命。我要上去。”

“他以前坐在这儿的时候你从来不上去。”

“让一让，行吗？”

“我觉得他不想让你待在这儿。”

“他已经没什么想不想的了。”

“我不想让你待在这儿。你背叛了他。”

“他不是因为这个才死的。他的死跟这事一点关系都没有。你必须得原谅我。求你了，对不起，原谅我吧。”

“你相信天堂和地狱吗？”

“我只把它们当作寓言。一个仁慈的神不会让祂创造的生灵承受永无止境的痛苦。”

“那人死后会怎样？”

“我不知道。也知道一些吧。我们死去的亲人会守护着我们，这我知道。今天它们一直试着和我说话，告诉我还能为你做些什么。”

“没有了。已经没什么能为我做的了。你愿意为他做点什么？”

“我为他祈祷，为他的灵魂。”

“那他的遗体呢？”

“那只是具躯壳。”

“把海螺的壳贴在耳边，你还能听到它来自大海的声音。”

“嗯……那你觉得人死后会发生什么？”

“我不懂你说的那些：生、死、天堂、地狱、神和灵魂。我只懂帕尔维兹。”

“他想要什么呢？”

“他想回家。他想要我带他回家，哪怕带回的只是具躯壳。”

“你做不到的。”

“那也不能不试试。”

“怎么试？”

“你会帮我吗？”

“你为什么永远都不明白我们的处境？我们连格拉迪丝的那些话都不能讲，我们没那个自由。你只要用心、用祈祷去记住他就行了，就像我们的奶奶记住她唯一的儿子。回大学去吧，去读你的法律，接受法律，就算它并不公正。”

“你能说出这种话，就说明你既不热爱公正也不爱你的弟弟。”

“好吧。我对你的爱让我现在看不见其他东西。”

“你对我的爱毫无用处，如果你不肯帮忙的话。”

“你对他的爱也毫无用处，因为他已经死了。”

“从他的小木屋上下去，你的声音不属于这里。”

“安妮卡，我需要我的妹妹——我们两个谁还能独自忍受这种痛苦呢？”

伊丝玛用手轻抚着她的头发，试图把她从帕尔维兹的阴影中带出来。

“走开。”

X

“崩溃且惊骇”：帕尔维兹·帕沙的姐姐发声

今晨，伊丝玛·帕沙，也即周日在伊斯坦布尔被杀的伦敦籍恐怖分子帕尔维兹·帕沙28岁的姐姐，在其位于温布利的家门前宣读了一则声明。她说：“去年，当我和我的妹妹得知我们的弟弟帕尔维兹已加入不列颠和伊斯兰共同的敌人时，我们感到崩溃且惊骇。正如珍妮特·史蒂芬斯厅长所说，我们立刻通知了反恐指挥组。我们想要感谢驻土耳其巴基斯坦高级专员署，感谢他们为将我们弟弟的遗体运送回巴基斯坦所作的努力，我们的亲属将在那里准备葬礼，以告慰我们已故的母亲。我和我的妹妹没有前往巴基斯坦参加葬礼的计划。”

帕沙所在当地的清真寺也发表声明，澄清其无意为死者举行葬礼祈祷，并抨击了某些流言，称其“属于对遵纪守法的英国穆斯林发起的仇恨运动”。

帕沙的遗体目前安置在伊斯坦布尔的一间停尸房。有消息称，遗体将被扣留几日后再遣送巴基斯坦。

伊斯坦布尔警方称，死者在死亡时没有携带任何武器。其被杀前接近英国领事馆的原因仍然不明，同样待查的还有凶手身份——据目击者描述，此人为三十岁左右的亚裔男性。珍妮特·史蒂芬斯厅长称，帕沙在ISIS的媒体机关工作，该部门负责招募作战人员以及所谓的“圣战新娘”。陶尔哈姆莱茨区居民莫巴希尔·霍克的女儿今年一月前往叙利亚，与一名ISIS战斗人员结婚。莫巴希尔·霍克告诉记者：“我女儿就是被帕尔维兹·帕沙这样的人编织出的谎言和宣传欺骗了。我对内政大臣唯一无法苟同的地方就是，他让我失去了对恐怖分子的坟墓吐口水的机会。”

内政部消息称，预计在下届选举前提交议会的移民法案中将引入条款，使得任何对英国重大利益采取不利行动的英国护照持有者都可能被剥夺公民权。根据现行法规，只有具有双重国籍者，或声称属于其他国籍的入籍公民才会被剥夺公民权。我国前任内政大臣曾主张“公民权为特权，而非权利”，对此，现任内政大臣已再三将其主张衍生为“公民权为特权，而非权利或与生俱来的权利”。人权组织Liberty发表了一则声明：“为保障权利而剥夺权利的做法拉低了新下限。对于潜在的恐怖分子撒手不管是一种危险的短视行为，剥夺国籍是专制者的工具，绝非民主手段。”

XI

醒来就看见雨水从被石头砸破的窗户外飘进来。伊丝玛说，这至少表示他们放过了纳西姆阿姨家。伊丝玛，这个“崩溃且惊骇”的女人，直到此时还在扮演好公民的角色，并把她妹妹的名字也拖进了这场羞耻的表演。伊丝玛——这个小人，叛徒。

现在她一个人在这间他们一起长大的屋子里。四周空空荡荡，那家移民已经带着他们的全部家当走了，只留下一张床垫。卡里姆巴伊和伊丝玛把它从街对面拖过来，“既然你们坚持要睡在这儿”，一张双人床垫正好给姐妹俩。但现在，这间屋子只为那对双生子而存在。在她挥舞着双臂的尖叫咒骂声中，伊丝玛终于被这疯婆子的举止赶走了。楼下传来重击声，怎么回事？有人想闯进来，想把这房子拆成碎片，因为这屋顶曾荫蔽在一个恐怖分子的头顶。抄起手边最近的武器，那只有四个加热档的电水壶，打开门，迎面站着“大卫·贝克汉姆”“女王”和“泽恩·马利克”，三人正用木板把打破的窗户盖住。“贝克汉姆”吓得差点把锤子砸上自己的大拇指。“还以为里面没人呢。”面具底下传来的是阿卜杜勒的声音。

“先进去吧，附近可能还躲着记者。”说话的“泽恩·马利克”其实是“贝克汉姆”的爹。

“要是有杯茶喝就好了。”“女王”，其实是果蔬店老板纳特说道，“她”把那戴着王冠的脑袋朝热水壶伸了过去。

XII

无数个小时的录音，却没有他自己的声音。好像他很久之前就开始练习消失了。现在他连她的梦里都不会来了。她太愤怒了。

XIII

还需要多少个帕尔维兹·帕沙，政府才会觉醒？

不久前死亡的恐怖分子帕尔维兹·帕沙的父亲阿迪勒·帕沙曾抛弃他的家庭，投身圣战组织，当这一事实被披露时，帕沙的一位住在普雷斯顿路的老同学却并不觉得意外。

“曾经有传言说他父亲在阿富汗加入过圣战，后来在关塔那摩死了。”这位不愿透露姓名的同学称，“他的两个姐姐一直否认此事，只说父亲在海外死于疟疾，但帕尔维兹从来没说过。我当时没有多想，但现在看来，显然他还是小孩的时候就认为圣战是一件值得称道的事。”

伦敦警察厅消息称，阿迪勒·帕沙在90年代曾在波西尼亚和车臣参与圣战组织战争，又于2001年与塔利班共同作战。其后不久被认定死亡。“我们不知道他是死于战争还是疟疾或是其他原因。但如果他去过关塔那摩，那一定会有记录，可现在就是没有。”[illegible]名曾在2002年面谈过帕沙一家的已退休政治保安处官员说道，“我记得他们家的儿子，帕尔维兹。他那时还很小，但已经被允许崇拜自己的父亲，哪怕他的父亲加入了英国的敌人阵营。我收走了他的相册，其中有他父亲手持卡拉什尼科夫冲锋枪的照片，上面还有附言：‘总有一天你将和我一起加入圣战。’我建议过英国皇家检控署对他保持监控，但不幸的是，这条建议始终未被采纳。”

此事引起了人们对圣战分子子女的深切关注，这些人很多都出生于英国，却没有得到政府的密切留意。还需要多少个帕尔维兹·帕沙，才能改变这一切？

XIV

那天，他从巴基斯坦高级专员署回来，说他不必再为自己是英国公民而付一大笔离谱的签证费了，也不用为了去卡拉奇工作而走一连串官僚主义程序，因为他发现自己有一个叫作 NICOP 的东西。

“哦，没错，”伊丝玛说，“我给我们每人都办了一张，当时是为了那次巴基斯坦之旅，虽然后来再也没去成，还记得不？”

帕尔维兹跑上阁楼，又雄赳赳气昂昂地下来。你一张我一张，他说，递给安妮卡一张覆着薄膜的卡片，上面印着“海外巴基斯坦国民身份证（National Identity Card for Overseas Pakistani）”。安妮卡瞟了一眼上面的照片，又想起自己陪姐姐去领卡那天有多不高兴。她讨厌错过伦敦的夏天，把时间都花在一个到处是亲戚的国家，这些亲戚都认为血缘关系给了他们问东问西指手画脚的权利，他们指点着姐妹们的希贾布，证明英国的巴基斯坦裔都“无法摆脱过去”，接着又对她们的牛仔裤指指戳戳，以证明她们都被“融合”了。看到卡片上非要列出“父亲姓名”，她的心情越发好不起来。不过到最后，某个承诺要资助这次旅行的有钱亲戚不知在电话里说了什么，终于激发了伊丝玛的血性。那几张卡片就这么被搁置在阁楼的文件柜里，和那一堆出生证明、医疗卡和摔断骨头的 X 光片摆在一起。

“‘海外巴基斯坦国民’到底是什么东西？”她问。

帕尔维兹耸耸肩。“就当它说明你的家族来自那里，所以你可以省掉签证就行了。反正那是唯一跟我有关的事情。”

“是跟我们有关，”她说，“我去看你的时候用得上。帮个忙，给我放在钱包里呗？我不想等你走了以后再自己去那个全是蜘蛛网的阁楼里找。”他照做了，她不记得当时他脸上是什么表情。

现在，那张覆了膜的卡片和她不高兴的十四岁脸庞一起躺在巴基斯坦高级专员署的桌子上。口袋里插着塑料梳的男人正沉痛地低头看着它。

“你应该听你姐姐的话，别闹了。”他说，“本来女士也不能参加葬礼，只能在家祷告，无论你待在伦敦祷告还是去卡拉奇都一样——安拉总能听到祷告，哪怕是世界最深的海底中无声的低语。”

“我到底有没有资格拿巴基斯坦公民护照？”

“有。”

“我有张银行汇票可以付加急处理费。麻烦告诉我该交给谁。”

XV

祸贾布女[1]！

“变态”·帕沙的孪生姐姐与内政大臣之子有染

穆斯林狂热分子帕尔维兹·“变态”·帕沙19岁的孪生姐姐，安妮卡·“内裤”[2]·帕沙，被曝与她的弟弟是共犯。此人对内政大臣的儿子——24岁的艾蒙穷追不舍，并利用性试图对其洗脑，令艾蒙说服自己的父亲允许她的恐怖分子弟弟回到英格兰。

“内裤”此前始终对情人隐瞒自己的真实身份，直到其孪生弟弟在尚未进入英国驻伊斯坦布尔领事馆就万幸被杀之前。艾蒙·隆恩立刻向内政大臣报告，这个上了自己床的女人希望借他来影响父亲，让她罪恶的弟弟回到不列颠。卡拉马特·隆恩第一时间联络了安全部门，但尚未来得及采取任何行动，“变态”·帕沙就已被杀死。

勇敢的内政大臣此前曾以身犯险对极端主义者采取

---

1 原文为Hojabi，由希贾布（Hijab）变化而来，是用于羞辱穆斯林女性的网络词汇。

2 内裤（Knickers）的读音与安妮卡（Aneeka）有相近之处。

强硬措施，但此次，他对警方的调查保持了沉默。今日早晨，他的办公室发布的一则简短声明揭露了这桩丑闻，并承诺将保持“完全透明”。虽然没有证据表明这名恐怖分子的变态姐姐触犯了任何法律，但她已被告诫远离内政大臣的儿子，后者据称正在诺福克的几名朋友处。“她的如意算盘打歪了。内政大臣绝不会为任何原因牺牲国家的安全。”某个与隆恩家庭关系密切的消息人士称。

内幕： 穆斯林恐怖分子的女儿及姐姐的秘密性生活史——有关“内裤”·帕沙的独家报道。

XVI

他看起来像个笑话

尝起来像一个世界之隔

感觉像一道融化的藩篱

他看起来像机会

尝起来像希望

感觉像爱

他看起来像个奇迹

尝起来像个奇迹

感觉像个奇迹

一个真实

明确

直接由主而来

让你自弟弟离开之后

第一次拜伏祈祷

的奇迹。

XVII

打包好行李箱，拖着它出来，这是她连日来第一次离开家门。相机、话筒和努力让他们后退的警察。伊丝玛奔出纳西姆阿姨的屋子，在街对面喊“你要去哪儿”，却再也得不到她的应答。

继续向前，越过对她说“小姐，请退回屋内”的警察，步入一辆正在等待她的汽车。这一次，化身为埃德娜夫人的阿卜杜勒充当了她的首席护卫兼同盟。他避开外面的媒体，从花园外翻墙溜进她的屋子。阿卜杜勒拿上她的票据，帮她取了护照，又替她订好机票并付了钱，这样伊丝玛就不会收到信用卡公司的提醒。

很快便有警车来为他们护航了，后面还跟着电视新闻车。管他呢，没什么可遮掩的，这样更好。

“你为什么要帮我，阿卜杜勒？”

“我也有你不知道的一面。”

“我早就看出你是同性恋了，可能比你自己发现得还早。”

“我不是指这个，但还是谢谢你没说破。是我把帕尔维兹的身份告诉了那个法鲁克的堂兄，我是指你们父亲的事。我想，法鲁克就是因为这样才找上他的。”

“他走不是你的错。”

“他为什么要走？”

“我也不明白。我已经不去追究了。他想回家，这才是最重要的。”

“他要是还敢回来，我是说那个法鲁克，我就杀了他。”

“不，别杀他。用世界上最小的手术刀把他的皮剥下来，用冰激凌勺挖掉他的眼睛，把慢反应的酸滴在他的舌头上。”

“我猜，你真的这么想过吧。”

“这是我为数不多能集中精神去想的事情之一。”

“我恐怕自己哪件都做不到。”

“我知道。没关系。”

“还有件事你不知道。”

“什么？”

“我真的很喜欢你弟弟。”这是用埃德娜夫人的声音说的。

“谢谢你，阿卜杜勒。我都忘了笑是什么感觉了。”

在机场，她准备好面临再一次的审讯，但安检处的男人越过她看了看后面的警察，又低头看了看她的新护照和前往卡拉奇的登机牌，便点头放她过去了。

“你为什么要去？”就在她要走进候机厅时，一名记者从围栏的另一头大声问道。

“为了公正。”她说。

XVIII

卡拉奇，五颜六色的巴士，灰扑扑的建筑，满是涂鸦的墙壁，手机、软饮料和冰激凌的广告牌，鸟儿在炽热的天空中盘旋。帕尔维兹若是在，一定会想放下车窗听一听每一种新的声音，可她却一声不吭地坐在车后座上，沉默中只能听到空调出风口的嗡嗡声。这沉默不是她制造的，而是她的堂兄，那个吉他手。他拒绝向她解释为何机场人员将她押送下了飞机并开车送往货运站，又为何他在那里等她，把她接上了一辆米黄色的车：挡风玻璃上的车标说明这车属于一家高尔夫俱乐部，它看起来更适合商务人士而非音乐家。

“把希贾布拿掉，戴上这个。”这是他说的唯一一句话，同时递去一副特大号的太阳镜。她拒绝了这个要求，但最终，烈日还是让她改变了主意。

沉默一直持续，直到他拐上一家白色高层酒店的车道，通过了几道多余的安检，然后靠边停下，挥手打发走了上前想取车钥匙的门童。

“你可以下车了。”他说。

“下车干什么？”

“这里通往酒店入口。我帮你订了三天房间，用的名字是‘古尔汗女士’。他的遗体明天到达，晚上落葬。我们已经把下葬处安排好了。后天早上我会再派车来接你过去。早上九点。你可以在墓地前祷告，然后走人。明白？别给我打电话。别给我妈打电话。你搞清楚了吗？”

“要搞清楚的人是你。他才不会落葬。我是来接他回家的。”

堂兄举起了双手。“我不想听，你这个疯丫头。我什么都不想听。我妹妹住在美国，马上要生孩子了——你和你那个乱伦弟弟就不能停下来为我们考虑考虑吗？我们的护照被全世界当草纸，我们得一辈子小心翼翼，不给人家任何拒签的理由。别站在这个人边上，别在推特上关注那个人，别下载诺姆·乔姆斯基的那本书。结果呢，先是你那个弟弟拿我们当幌子加入了一群变态杀人犯，接着你们的政府又把这个国家当垃圾桶，不要的尸体就往这儿送，然后你们家还想让我们出头给这个当红恐怖分子操办丧事。现在你又来了，祸贾布·内裤小姐，我还得昧着良心搭桥牵线，躲着全世界的媒体把你从机场弄出来。结果没想到你是来搞花样的，我不想知道你在搞什么鬼，我的家人跟这事一点关系都没有，跟你也一点关系都没有。”

“我也不希望你或者你的家人跟这事有什么关系。你只要告诉我他明天几点到，我该找谁来运送他。”

“你这话什么意思，运送他？你要把一具尸体送到你的酒店房间吗？”

“你真的想知道？”

“不想。下去。”

“我该找谁来运送他？”

他伸手进钱包，抽出一张名片朝她甩去。

“谢了。还有，我们离英国副高级专员公署有多远？”

“自己看地图。”他说着，探过身替她打开了车门。

XIX

英国副高级专员公署的场地被铁丝网、枪支武装的车辆和路障四面包围，任何生人都难以靠近。可只要步行几分钟就能来到一个停车场，这里种着成排的榕树，古老的根系露出地面，其牢固胜过了海边空气锈蚀的铁丝、堵塞了灰尘的枪口，以及政客们为下一届选举而算尽的心机。

在这里，她将和她的弟弟坐在一起，直到世界改变，又或者直到两人都化为身边的泥土。

卡拉马特

Karamat

08

泰晤士河畔，卡拉马特 · 隆恩的影子一反常态地伸出许多扭曲的边缘。他不去理会，又将保温瓶里的咖啡倒满了纸杯。艾蒙曾两次送他这种隔热杯作为生日礼物，本意倒是好的，却忘了这种杯子在为咖啡保温的同时就无法温暖人的双手。对这个儿子，卡拉马特一直要求“本意是好的”就够了。而他的女儿，另一个也能享受如此优待的孩子，却从没让他费过心。可怜的家伙。看着艾蒙在能力和成绩上都与妹妹存在着如此大的鸿沟，他曾如此想过。但他怎么也没想到，艾蒙竟然丝毫未察觉自己的……无能。对自己的独子使用这个词确实太伤人了，但他找不出别的描述。他原以为儿子的那些豪言壮语都只是说说而已，却没想那都是真心话，这就十分尴尬了。“她是爱我的！”艾蒙仍旧坚持着，哪怕眼前摆着截然相反的证据，“要你们相信为什么就那么难呢？”这是个卡拉马特一直讨厌回答的问题。他把纸杯举到脸前，让热气钻进鼻孔，温暖自己的脸颊。曾经有人精确地测算出你在咖啡的温度下降到不适宜饮用之前，可以保持这个动作多久。

他咽下咖啡，感受着这股热流洋洋洒洒走遍全身，眼睛却继续盯着威斯敏斯特宫和它在水上的倒影，看着它黄色的石砖被朝霞映成粉金色。这里是传统的心脏，人人都认同这点，但极少有人像卡拉马特·隆恩那样了解不列颠，他们不明白，在这颗传统心脏的心室最深处，运行的是一台制造剧变的引擎。在这里，不列颠削弱了君权；在这里，不列颠告别了它的帝国时代；在这里，不列颠设立了普选制度；在这里，不列颠将见证被殖民者的子孙登上首相之位。人们对卡拉马特·隆恩最经久不衰的一条抨击就是他摇摆于传统主义和改革派之间的立场——但批评家们没意识到，他们自己根本分辨不清这两者。举个例子，他主张在剥夺英国公民权方面扩大内政大臣的权力，使法规同样适用于英国出生的单一护照持有者。很显然，这是对一项尚不完善的法律的合理执行。要判断一个人是否有资格成为公民，应该将其行为作为依据，而非他碰巧出生的地点。“这是滋长恶权！”他的一批左翼反对派说道；“这是英国移民对于真正英国人的又一场侵害！”他的另一批极右翼反对派如是说。这两拨人可能都用隔热的杯子喝咖啡。

你鄙视人的老毛病又犯了。泰莉会这么说。

这是妻子对他坚持的寥寥几个误解之一。如果说优越感组成了一条首尾相连的闭环，那么蔑视、鄙薄、不屑——这些情绪就都是闭环上的节点。以现状来看，它们对他卡拉马特·隆恩毫无用处。他血脉中需要的是燃烧世界的火焰，而非冻结一切的冰霜。他本以为自己已经掌握了操纵火的艺术，然而昨天，就在电视摄像机前，当他得知女孩对于离开英国的单方面解释时，不由得脱口而出：“她要去巴基斯坦寻求公正？”那个国家的名字从他口中说出时饱含了厌恶，那是移民的孩子才有的厌恶——他童年起就明白自己的父母牺牲了多少：家庭、背景、语言、熟悉的环境，因为他们最初归属的国家已经证明自己无力让他们过上有尊严的生活。他的这句话迟早要惹来外交大臣的愤怒交涉，到时还得给个交代。不过也未必，如果首相要求自己保持沉默的话——卡拉马特担心的是，这种沉默对他的内政大臣无甚助益，却能在巴基斯坦总理趁机捞取政治资本时增长首相的怒火。这位总理还假惺惺地解释说，基于国策，巴基斯坦承担了遣返其国民的费用，而与此同时，英国政府却要那些痛失至亲的人们自掏上千英镑，才能让亲人的遗体回到身边。

一个身着运动装的晨跑者朝这边跑来，他的距离刚近到足以认出内政大臣，便立刻一个急转弯擦过泰晤士河畔步道的围栏，同时向安保官员们举手示意自己没有恶意。棕色皮肤。卡拉马特咂了咂舌。

他再次拧开保温杯的盖子，轻轻摇了摇瓶身，感受着液体在玻璃内衬中晃动。虽然前一晚几乎没怎么睡，但他其实并不太需要咖啡。这都是肾上腺素创造的奇迹——很久以来，他都整宿整宿地揣度自己的反对者们会怎么做。人的行为总是很好预测。

“先生。”苏亚雷斯在身后提醒他。

“那家伙也是个需要警惕的穆斯林？”

“那人是个拉丁裔。”

“你老是把长得好看的归到你们那边去，而不是我这边。”

“我们真的该走了，先生。”

卡拉马特转头仔细打量自己的安保队长。从一开始他就让苏亚雷斯明白了自己的坚持：这位内政大臣不想知道任何针对自己的威胁。“你做好你的工作，让我也做好我的。”他曾说。当然了，当他们把他院子里的树都砍掉并代之以安保人员时，事态显然已经有所“发展”，但苏亚雷斯仍时刻镇定自若。然而，今天，他的不安已经写在了脸上。而且虽然卡拉马特坚持了在河边喝咖啡的习惯——这是他从后座议员时期就保留下的传统，每每彻夜未眠之后的必做之事——但显而易见，他不会在争执中赢第二次。

他正要站起身时，手机响了，屏幕显示是儿子打来的。他握着手机愣了片刻，发现自己在接听前又照老习惯在心中默念了句“bismillah[1]”。

“嗨，爸爸。我想着你已经起来了。”艾蒙的声音平和而亲昵，一改前日的癫狂——那天他们不得不对他实施人身控制，以免他重返那个工于心计的淫妇怀抱。说起来，他真正想重返的部位也不是“怀抱”吧？虽然卡拉马特当时也许不该直说出来。

“你还好？”他已经有一阵没跟儿子说过话了。当艾蒙的歇斯底里褪去后，便陷入了任人摆布的消极状态，于是泰莉安排马克思和爱丽丝带着他搬到了爱丽丝家的一处宅子——媒体猜测他们去的是诺福克那处，但其实

1　真主啊。

也可能是诺曼底的。对于儿子的去向，卡拉马特没有主动要求泰莉保密，但她很清楚这种事最好还是别让他知道，以免有人向他直接发问，而他又必须如实作答。他的妻子总能完美判断出他身为公众人物的本心与无奈，也正因如此，当内政部向公众披露了艾蒙和那姑娘的恋情后，妻子竟然把他衣柜里的衣服打包送到地下卧室，这行为令他越发困惑。“你应该保护好他的。”她说，就好像她的丈夫非蠢即坏到会去刻意遮掩这事。其实，大部分报纸都不失偏颇地把艾蒙描述为一个上了当的老实人，甚至还有些媒体暗示，当艾蒙一发现那女孩的企图就立刻斥责了她。但即便如此，泰莉的态度也不见和缓。

“嗯。我为我那天的行为道歉。”

卡拉马特把一条腿跷上膝盖，端详着身旁那一尊尊鲟鱼雕塑，它们大张着嘴巴，鼓着眼睛，尾巴层层盘绕灯柱。它们平时看起来真丑，可今天在他大发慈悲的注视下竟然显得挺有趣。“我很遗憾你接下来的日子要有点颠沛流离了。也许听你妹妹的话去纽约待着也不是那么糟糕。”

“比起我自己，我更担心您。”

卡拉马特站起来，走到灯柱边，倚靠着它，和安保人员拉开些距离。“你能这么想很好，但是没有必要。”

“也许从您的位置上反而看不清楚。一个政府，在公民做了我们不喜欢的事情时就把他送到别的国家去。这是不是说明我们连自己的问题都处理不了？还有阻止家人亲自埋葬他们的亲属——这其实也不好看。我周围的人都开始这么说了。如果您的顾问不肯告诉您这些，那就由您的儿子来说。”

“我的儿子，以他混在一群纨绔子弟之间的视野来教育我怎么搞政治。”他说着，把脚踝抵在那些凸起的鱼眼睛上。

“我说这些是因为我在乎您的声誉。比您想的更在乎。”

“这些话都是她教你的，对不对？”

“我一直没她的消息，这您是知道的。我已经都照您说的做了。我没给她打电话发消息。您说过只要我答应，您就会帮她。您是怎么帮她的呢？”

“她家外面驻扎着保护她的警察。我没让全世界看到她那宝贝弟弟处理的那种视频。她也没有未经指控被关在审讯室十四天，哪怕她承认为了帮助恐怖分子而勾引我的儿子。你看过那份笔录吧，对不对？她亲口承认了。”

“她当然会这么说，她以为我抛弃了她。”

“你知道自己在说什么吗？”

“您知道自己在说什么吗？您认为自己没有无故把人关押十四天就算是在帮她？”

“别跟我硬骨头，你不配。她是不是口活儿做得比别人爽啊，艾蒙？是这样吗？相信我，外面还有活儿更好的。”

一阵停顿，接着是儿子用最尖刻而优雅的语气说：“我想我们聊完了，父亲。”

电话挂断了。卡拉马特转过身，把空纸杯捏成一团。苏亚雷斯上前几步，摊开手掌去接纸杯，拇指上露出了一排清晰可见的牙印。他见卡拉马特的目光落在了那凹痕处，便把拇指藏进手心，省得卡拉马特看见就想起艾蒙在空中狂蹬双腿、牙齿咬住苏亚雷斯手的那一幕。

卡拉马特绕开苏亚雷斯，把纸杯抛向垃圾桶。它撞上了垃圾桶的边缘，弹起来，垂直跌入了桶内。

把垃圾都扔出去。保持不列颠的洁净。

—

伦敦时间上午，卡拉奇时间下午，一个名为@CricketBoyzzz的账号上传了一张照片：草坪上，一个身穿白色丧服的女子盘腿坐在一张撒满了玫瑰花瓣的白床单上。虽然她给自己找了棵枝繁叶茂的榕树，躲在它仿佛胡须般的气根底下，但阳光照射下的草地和她克米兹上一块块汗湿的痕迹仍传递出一种格外炎热的感觉。＃内裤女＃ ＃找到她了＃

所有负责报道帕沙一家的媒体原本散落在各个高级酒店、墓园、民居和机场航站楼之间，此时一窝蜂来到了公园，得到的却只有一个女孩空洞的眼神和沉默。而卡拉马特开始怀疑，这个女孩的疯癫程度和她的心机一样深。

“去确认遗体在什么地方。”卡拉马特指示他的助理詹姆斯，同时目光在他马沙姆街办公室里的两个电视屏幕间来回游移——两台电视一个调至了巴基斯坦新闻频道，另一个是国际台。

巴基斯坦新闻频道正播放分屏画面。一边是公园，不断蜂拥而至的围观者把女孩围得水泄不通，好像她本人就是个事故现场；另一个屏幕切至宗教访谈节目的演播室，一名温文尔雅的主持人正解释沙里亚法会如何判断帕沙一家的案例。这个男人梳着大背头，前额有一块黑印——后者是虔诚的标志，那是一个人在每次日常祷告叩拜时谨慎地用头部撞击石头或粗糙物体表面后造成的。卡拉马特拿起一枚雕刻着狮子和独角兽的镇纸，把它也按在自己的额头上。首先，那个男人说，这男孩加入的是一个现代版哈瓦利吉派[1]，他们甚至超越了美国或以色列，是伊斯兰世界的头号敌人，因此这男孩绝不能被描述为“吉哈德[2]”。其次，他死去的当天就该在日落前被埋葬，不论他那时离家多远，更遑论其他不符合教义的因素。第三，根据这个女孩自己对英国警方的供述，她是个罪人，是个通奸者，她应该被处以鞭刑。

卡拉马特用笔记下这男人的名字，随后又把注意力放在国际新闻频道。主持人展示了一张公园周边环境的数码 3D 地图，图上出现了几处红圈，主持人正在描述其“重大意义”，并指出了公园旁的加油站、修女学校、街对面的意大利领事馆以及不远处车流交汇的环岛路口。3D 模型上的建筑和树木都坍塌在地上，好像刚经历过一场大爆炸，唯剩下那个面朝英国副高级专员公署的女孩的身影。

---

1 哈瓦利吉派为伊斯兰教早期派别之一，与第四代哈里发阿里分裂而出走，反对哈里发政权。

2 即圣战者。

卡拉马特按下静音按钮，看着那个身穿白衣、裹着头纱、被包围在血色玫瑰花瓣之中目光茫然的女孩。在摄像机给她的特写镜头下，公园围栏就像背景里的监狱铁窗。这没什么稀奇之处，只是她摆出这一幅受难肖像，到底想得到什么呢？

詹姆斯回来了，说土耳其大使馆可以确认遗体已经抵达伊斯兰堡，但运输至卡拉奇的方式或时间都不得而知；而巴基斯坦高级专员署已经明确表态，在他们透露任何有关本国公民的信息之前，希望先听到内政大臣的道歉。卡拉马特把那张记着温文尔雅的主持人名字的纸条递给他："如果此人有英国签证，找个理由把它吊销了。"

"现在有些人认为，您正在找理由把她的公民身份也一同剥夺。"詹姆斯指的是屏幕上的女孩。每当他准备反驳卡拉马特时，都会明显带上些工人阶级口音和苏格兰腔，正像此刻。詹姆斯本人对此几乎毫无察觉，但卡拉马特却觉得，这个年轻人在顶撞内政大臣时无意流露出的小动作很打动人心。卡拉马特不但没有因此看轻他，反而更加重视他作为局外人的观点。

"那你怎么看？"

"我认为这是个下策。所有人都会以为这是为了艾蒙。”

“所有人的脑子都该更清楚一点。”卡拉马特说。他站起来走向电视上的分屏。“真不知道她下一步打算干什么。如果是你，会不会也跟公园里那些人一样离她那么近？”

“您觉得她衣服底下穿了自杀式炸弹背心？”

“不，我是觉得周围的东西都中了她的毒。你看，她四周的颜色都有点泛黄，是不是？”

“那一定是摄像机镜头有问题。我很抱歉，先生，对于我刚才说的炸弹背心的话。”

“别傻了，詹姆斯。我们就生活在这样一个时代。”

盘腿而坐的女孩利落地站起来，走下了床单。一片玫瑰花瓣沾在她纤细赤裸的脚尖上，卡拉马特想象到自己的儿子把嘴唇印在那片花瓣的位置上，于是抬手做了个挥赶的动作。两个电视台正以略微不同的角度播放着相同的场景。空气明显泛黄了，那是即将到来的沙尘暴。整座公园——大小绝不超过隆恩家花园的两倍——都在围栏和榕树的环绕下，而她正向大门敞开的方向走去。一辆车已经停在外面。一辆救护车。

“别，噢天哪，别。”

救护车司机打开了后门，大声喊围观的人来帮忙。

上前的男人远远超过了需要的人手，他们抬出那具朴实无华的棺材，把它扛在肩上，跟在女孩身后。苍白而平静的女孩带着他们回到了白色床单和玫瑰花瓣的所在地——苦难的一幕此刻终于完整了。男人们把棺材放下，但女孩还不满足。她对开救护车的男人说了几句话，后者大摇其头，指着晦暗的天空——不是在指真神就是在说午后的太阳。她在棺材前跪下，双手手掌交叠，按在靠近棺材盖一角的地方，将全身的重量压下去，膝盖因发力而离地。

“快把摄像机移走。”他听到自己说。

木板变形、开裂。

“耶稣，”詹姆斯说，“耶稣啊，不。”

杜帕塔[1]从她的头上滑落，一阵风刮来，长发抽打着她的脸庞。棺材暴露出不堪一击的结构，木板被指甲撕裂，女孩下定了决心要赤手空拳将它拆开。她逐条边破解，直到眼前只剩下一个人影，被夹在棺材的底座和顶层的胶合板之间。女孩跪坐下来，好像直到此时，直到此刻，她才终于停下来思考，自己究竟在让自己的眼睛直视什么。又或许她是在等待下面这一幕：昏黄的风卷

1　杜帕塔（dupatta），印度女性用以遮盖头部和胸部的长巾。

起胶合板，呼啸着把它抛向空中。

女孩跪着压低身子，把双手放在两侧的地上，向前探过身去，像个孩子在检视一只花园里找到的陌生动物。她的弟弟，已被防腐处理过，看起来不太好。还能怎么说呢？他死了。

她抬起一只手，看着它，好像不知道接下来该怎么办，接着，她看着自己的手掌贴在了那个曾是她孪生弟弟的躯体的额头上。那只手猛缩了回去，接着又重新落下，沿着皮肤滑向他的太阳穴。卡拉马特和摄像机比她的触觉先一步探知到那里的缝合线，那是死亡的入口。她触摸到线头时脸上露出了恼怒的表情，好像仅仅在不满那凌乱的针脚。那只手又抬起来，向下移动到尸体的手腕上，两只手指按压在本该有脉搏的地方。她的嘴巴张开，也许说出了一个短词或发出了一声声响，话筒什么都没有捕捉到。

詹姆斯没头没脑地说了句“广播电视条例”。屋里的每台电话都大声响起来，有人在外面敲门。“闭嘴！”卡拉马特对这一切大吼道。

已经派来前哨的沙尘暴此时带着一股疾驰狂暴的风席卷而来。白色床单的一角扬起，把压住它的木板掀到了一旁；玫瑰花瓣飘飞到空中，落下时已是尘泥点点；

树叶从榕树上被扯下；整个世界天翻地覆；女人们用杜帕塔裹紧了脸，男人们佝偻起身子。一架摄像机倒下，镜头裂了，所以只记录下了倒伏的草地。另一架摄像机靠近了那个白衣女孩，记录下她的杜帕塔飞来的画面，给了白布上的小小绣花一个特写，接着便是突然的黑暗。

短短的片刻里只有哀号声，狂风掠过整座公园，接着，一只手拨开了白布，发出哭号的是那个女孩。她的脸蒙上了尘土的面具，她黑色的头发倾泻下泥点，她的十指交错抚过弟弟的脸庞。哭号比女孩更深沉，哭号源于大地，贯穿了女孩的身体，传进了内政大臣的办公室，让他后退了一步。好像这一整场表演就为了得到这一个结果，狂风平息下来，突然得就像 3D 模型上大楼的倒塌，女孩也止住了哭声，松开了十指。摄像机镜头移动，接着拉近。在公园这场末日般的混乱中，唯一尚未被埋没的只有死去男孩的脸。

“大开眼界。”内政大臣说。

一

女孩舔了舔自己的拇指，抹过嘴，在尘土的面具上画出双唇。接着她直视内政大臣，开口了：

“在故事里，那些邪恶残暴的男男女女最终得到的惩罚就是流放，遗体远离家人——他们的头颅被挂在矛尖，尸身被扔进荒冢。这一切都符合法律，却不合乎公理。我来此就是为了寻求公理。我请求首相：让我带我的弟弟回家。”

卡拉马特把桌上的镇纸调转了方向，看着那栩栩如生的狮子和独角兽，笑了。闹了这么大一出，她终究只是个蠢姑娘。

—

首相质询[1]永远是个尴尬环节。幼稚的嘲讽和奚落；首相展示他那百无一用的毒舌天赋；而财政大臣——卡拉马特更喜欢称他为“投机分子”——坐在首相身边，脸上的表情既阿谀奉承又自鸣得意，但在镜头前又恰到好处地表现出对首相的拥戴。堂堂议会变成了儿童乐园。对于帕沙事件之后的这第一场首相质询，卡拉马特一直

1　首相质询（Prime Minister's Questions）是英国宪政传统，首相必须于每周三接受长达半小时的议员质询。质询现场布置为狭长形大厅，议长的席位居于中间长廊，执政党与反对党分坐于长廊两侧。

格外担心。首相过去几天都身在海外，不明状况，并对整件事保持着令人不安的沉默。一旦首相对他的内政大臣减少一分一毫的支持，都将成为“投机分子”及其领导人竞选的一场胜利。然而就在这个节骨眼上，那女孩发声了。

“头颅被挂在矛尖，尸身被扔进荒冢——这种做法确实还有人在沿袭，而她的弟弟离开英国、前去加入的正是这些人。”

首相起立表示支持，反对党领袖也起立赞同。长廊两侧都响起了附议声。内政大臣经受住了考验，不为私心所动，依然坚持对正确决策的判断力和执行力，并做出了艰难的决定。他因此大获赞扬。首相去公文箱前发言时，就连那个投机分子都越过首相的空位，探过身来赞赏地拍了拍卡拉马特的肩。一根小小的神经在他的眼睛旁抽搐着，他看出这被卡拉马特认作了挫败的象征。

—

卡拉马特回到自己房间时，詹姆斯正在那张老板椅后面等他，还傻乎乎地学了个球员进球的庆祝动作，惟妙惟肖又讽刺到位。卡拉马特已经不是第一次希望女儿能和詹姆斯在一起了，但一想到自己的孩子以及他们的择偶水平他就不由得生气——你能看出安妮卡·帕沙是那种什么都敢做的女孩，她表里如一，无所不为。他那可怜的儿子一点胜算都没有。他重重地坐进椅子里，想念起妻子来——这种想念跟他在艾蒙那么大时的想念不一样，这是为人父母者在孩子遭遇苦难时，对另一半的想念。

他点头示意詹姆斯该打电话了，并在助理递过话筒时选择用乌尔都语交谈。这纯粹是因为他知道那个人形河豚，也就是巴基斯坦高级专员，会把此举解读为内政大臣认为自己的英语不过关。

“你们的人这会儿在搞什么鬼？”卡拉马特问道。

“这真是个奇怪的道歉开场。”高级专员答道，用的是英语。

“该道歉的可不是我。若没有贵政府的首肯，或者操作，那具遗体永远也送不到公园去。”

“这话说的，”高级专员的语气有点虚，“是血缘最近的家属要求把遗体送往指定地点的，司机有什么理由拒绝呢？至于我的政府，它有比运送一具尸体更重要的事情要操心。”

“我估计某些人现在想把尸体从公园弄走了吧，起码从卫生方面考虑。”

“我是我国对圣詹姆士宫[1]的代表，你认为我会跑到卡拉奇市政府到处游说吗？但可能你们不列颠情况不同吧，说到这个，麻烦告诉我的垃圾清洁工，让他早上过来时别老弄得叮当乱响。”

“你儿子的学生签证申请得如何了？”

“其实他已经决定不去牛津，改去哈佛了。那女孩的作为还是有点成效的，你不觉得吗？”

谈话开始没那么愉悦了，于是卡拉马特改成了英语。“好吧，那天是我出言失当了。巴基斯坦的司法部门真是为贵国增光添彩。”

“一帮杂种。”高级专员的回答出乎意料。接着，轮到他改换了语言——换成的不是乌尔都语，而是旁遮普语。“听着，我也是个父亲。我也希望她从新闻上下来。”

“才不是这么回事。”

“闭嘴吧，朋友，我是在可怜她。”旁遮普语让高级专员得以说出这种失礼之言，卡拉马特感到自己的整个

1　圣詹姆士宫（Court of St James's），英国王室具有法定地位的正式宫廷。

身体有了些变化，变得松弛了。于是他逞强地绷起了肩膀。“问题在于，我的政府没有理由出面干涉。”

“就以社会风化的理由干涉啊。什么样的疯病才会让一个人大热天把尸体扔在那里看着它腐烂？”

“因爱成疯的病。还记得你们《莱拉和玛吉努》的故事吗，卡拉马特？情人因痛失美丽的爱人而黯然销魂，于是在疯狂中徘徊于沙漠。那个沙尘暴中的美丽女孩已经成为了莱拉和玛吉努的化身，而这个故事和这个国家的良知是融为一体的。有些地区也可能理解成萨西和普恩努——故事是一样的，只不过黯然流浪在沙漠中寻找爱人的变成了女孩。”

“这个把她标榜成爱情故事女主角的国家和想让她受鞭刑的国家还是同一个吗？”

“哦，已经有人在说她和你儿子的关系是你们政府捏造出来故意抹黑她的了。只不过观点分为两派，有人认为幕后主使是你，有人认为是你的政敌。但不管是谁，现在都很难让我们对她采取不利行动。”

“苍天有眼，老兄，你真的要我相信你们政府会把决策建立在一个民间故事和阴谋论的结合物上？”

“你果然跟他们说的一样‘英国’。那我就用你能理解的话来说吧：我们的人民，还有好几个反对党，都已经决定要对一个奋起抵抗强权政府的女人张开怀抱了。而且这个强权政府还不是别人，它正好在穆斯林问题上公关糟糕、不久之前还直接侮辱了我们的政府。所以，现在要我的政府去介入，就无异于政治自杀。希望能在我们的开斋节招待宴上见到你。到时见了，愿安拉保佑你。”

门被猛地推开。拥入的人里不乏意料之中的支持者，也有一些意料之外的。他们纷纷做出脱帽致意的动作，又把那不存在的帽子高高抛起。卡拉马特用手背擦拭着嘴，品尝尘埃的滋味。

一

他躺在由冰板制成的棺材中，像童话中的王子。这座城市最大的冰工厂老板说他会免费供货，一位卡车司机表示愿意运输冰块，就当是一项宗教义务。聚集在公园的每个人都轮流帮忙卸下冰板，经由一条人力组成的传送带，把它们送到已经被融冰浸湿的白床单上。当冰块离开双手，他们就把泛红的手掌贴在脸上，让灼痛的冰冷抵御灼痛的滚烫。那些离遗体最近的人们都把脸裹进了衣服里。冰块的透明度让遗体看上去只是个模糊的轮廓，于是新闻电视台得以继续进行报道，不必担心触犯广播行业准则。女孩没有帮着一起不断重搭融化的冰棺，却也没有阻止。她唯一的坚持就是不能遮住他的脸。此刻，夕阳把天空染上了淡紫色，她背靠榕树站着，目光始终没从那张脸上移开。

这难道就是恶魔的脸吗？一家小报发问，并将这个问题和女孩在飞沙走石中哭号的照片共同刊登出来。贱货、恐怖分子之卵、英国的敌人，她被按上了这些词语。报纸报道，并分别在这些词外面加上引号作为例子。内政大臣是否会以危害英国重大利益为由剥夺她的公民身份，就好像她真的为国家敌人奉上了弹药？

内政大臣恼火地“啪”一声把报纸拍在一边，接着又重新去看安妮卡·帕沙。如今虽然已经没什么新鲜事可报道了，但可供采访的人总是源源不断。于是电视记者们把话筒戳到那些“民间团体代表”的脸前，后者不但纷纷现身支持那个失去了亲人的女孩，此时还开始在渐浓的暮色中点起了蜡烛。

已经不必再大费周章剥夺她的公民权了，这么做还可能被归为私人恩怨。反正她拿着巴基斯坦护照是回不了英国的，除非申请签证——如果她愿意浪费时间和金钱的话也十分欢迎。至于她的英国护照，早在她企图去伊斯坦布尔找弟弟时就被安全部门没收了，它既没有遗失、遭窃，也没有过期，所以她就是找不到理由申请一本新的。就让她继续做个英国人吧，但她将是英国之外的英国人。

蜡烛把影子投射到冰棺上。纤长的火焰颤动着，让人以为其中正酝酿着什么。卡拉马特走向百叶窗，打开折页，让午后的阳光透进来，接着低头看马沙姆街熟悉的景色。这条街上的平凡细节突然显得如此动人：车辆停放在停车位上；一个女人经过，购物袋缠在她的手腕上；枝干纤细的树木并排而立。他的伦敦，每个人的伦敦，每个人，除了那些想要伤害这座城市的人。他摸了摸脖子上的静脉，感受着自己血液的温暖力量。

—

下了《新闻之夜》[1]后，他回到荷兰公园。这场访谈跟预期中一样难对付，但他还是保持了冷静，澄清自己的决策绝不是针对那具遗体，而是针对一个活生生的“英国敌人”（这个表述他用了三次，看起来不多不少，

1 《新闻之夜》(Newsnight)，英国一档人物访谈脱口秀节目。

虽然他也可能用了第四次而不自知）。至于那女孩，她想为弟弟遗体争取的结果是“遣送回国”，可这个词基于一个事实——她的弟弟得是英国公民。有些人认为他们可以背叛自己的英国公民特权且不承担任何后果，而他，卡拉马特·隆恩从上任第一天起，就对这些人传达了一条明确信息——他们的公民身份不复存在了。不，哪怕对那些去当所谓“圣战新娘”的女孩，他也能毫不困难地传达这条信息。如果谁还能假装不知道自己加入的是怎样一个死亡崇拜组织，那也无需多言。英国人民支持他，其中也包括大多数英国穆斯林。听到这里，主持人扬起了眉毛。

“你确定吗？”他说，“时下似乎有个普遍观点，昨天我们的节目上还有一位英国穆斯林协会代表重复过，就是你仇恨穆斯林。”

“我仇恨的是那些使穆斯林招致仇恨的人。”他答道，声音很平静。

他上楼，走向自己不被允许进入的那间卧室。泰莉一定也看了节目，她知道那个问题有多伤人。他明白她还在生气，因为她认为是他没保护好艾蒙，但即使如此，她还是会心软的。他想要的只是躺在她身边，甚至不碰她——她可以不原谅他，但不能不要他。夜间的某个时候，她会用脚碰碰他的脚——在他们共度的三十多年里，曾经的亲密仪式被消磨得只剩下了这一个动作。“我们的爱都快步入中年了。”几周前她对他这么说。那天是他们初次相遇的周年纪念日，他却把这事忘了，在马沙姆街待到很晚才回家。泰莉努力掩饰自己的失望：这是他们共同私下庆祝的日子，它不同于结婚纪念日，后者通常是家庭性质的，甚至更像是社交场合。他的这次疏忽很不应该，尤其是几个月前，她才刚主动在生意上自己调到了虚职——这事她以前也常常提起，但他没想到她会真的付诸行动。“我们两个总得有一人成为宇宙中的固定点，否则我们会一直错过对方。”她在宣布这个决定时说道。那也是她就此事的唯一一次声明，毕竟他升迁内政大臣在即。而作为回报，他怎么着也该记住这可恶的纪念日。大体上，他还是个有错就认的男人，而且知错就改（第二天早晨他就把早餐端到了她的床前，还在出门上班前用其他方式殷勤取悦了她），然后便忘得一干二净——此时，想起这桩旧账让他内心难安，接着又愈发想起了这一天里的每件糟心事，从苏亚雷斯的大惊小怪到和儿子的谈话，再到仇恨穆斯林的问题，再到那个女孩，那个该死的女孩。

“不，”他刚推开门泰莉就说，“不，出去。”

“我就坐在这儿。”他指了指她梳妆台旁的凳子。

“我跟儿子聊过，你的那些话他都告诉我了。什么口活儿？外面谁的活儿好你倒是很清楚啊？”

“无论我有多少不是，你都该知道这个不算。”他说着，松开领带，蹬掉鞋子。

“卡拉马特，我是认真的。出去。”

这种时候多争无益。不敢想象自己的儿子会连那种话都学给母亲听——他一点都不懂男人间的规矩吗？他下了楼，再次去那瓶贵得离谱的红酒上找安慰。这瓶酒是泰莉的一份礼物，专门留待特殊场合喝的。一楼是他们正式会客的地方，地下室则是他将自己与家人相隔绝的空间——反正事到如今，大家谁都不理会谁了。他把酒拿上露台，看到几个人影在动，立刻蹲下身把自己的目标缩到最小，接着才反应过来这些都是他的保镖。最后他还是待在了厨房，坐在柜台前晃着双腿，就像孩子们以前的动作。那时候，给孩子准备早餐的工作总是由他来做，妻子则常常出差在外。厨房的餐桌很久之前就被挪走了，现在那个地方摆着个闪闪发亮的镀铬工作台，好腾出更多空间放干酪盘、甜点盘，还有玻璃制的——抱歉了孩子们——香槟杯。他卷起袖子，挑了一只红酒杯。第一位受到英国人喜爱的印度板球运动员郎吉辛基总是把袖子的纽扣扣到手腕处，以掩藏他的深色皮肤——此时，手中端着一杯昂贵红酒的卡拉马特，多少能够体会他的心情。他让红酒在口腔中逗留了一会儿，然后才带着昂贵的倦慵感将之滑下喉咙。

通往屋外的门被轻轻敲响了一声，片刻之后苏亚雷斯进来了。

“你现在应该不当值啊。”

“我手下打电话来过。有个女人一直在街上转来转去，最后琼斯上去问她想干什么，她说她知道您住在这条街上，但不知道是哪栋房子。所以她想如果在这儿多转一会儿，您的保安会自己现身的。”

卡拉马特被逗得咕哝了一声。“她是什么人？”

“伊丝玛·帕沙。就是那个姐姐——”

“我知道她是谁。带她进来。”

“带到这里来吗，先生？”

“我母亲可没教我要大半夜把女性晾在街上。对了，苏亚雷斯，今晚是不是只有男警官？把搜身程度降到最低吧。”

“来不及了，先生。您的保安先到的。”

进来时，她的眼睛先扫了一圈厨房，卡拉马特已经感受到其中的审度。他另倒了一杯红酒，把酒杯从镀铬工作台面上滑向她。

“不用了，谢谢您。”她说，没有像他预期的那样，满脸愠怒地表示“我不喝酒”。她和那个女孩一点也不像——不仅仅是外貌特征，还有仪表和姿态，好像她充分明白自己面前是一个权力滔天的男人，并且他很可能会选择运用这种权力。还是个处女吧，他心想，接着又奇怪自己何时也变成了这种男人，对一个裹着头、毫不花心思打扮、相貌平平的女人竟会有如此念头。

“这酒可是人间极品。”他说罢长长饮了一口。

她双手捧住杯子，朝里嗅了嗅。“闻起来像汽油。”

一时间，他在内心深处以为她会喝一小口，因为她相信这是他的命令，作为聆听她诉求的代价。“你想要什么？”他问，声音中的语调让苏亚雷斯从门边上前一步，看看这个女孩干了什么。

“我想早上飞往卡拉奇，并希望在机场不受任何阻拦。”

他从她手中拿走玻璃杯，把酒倒入自己的杯子。“你对媒体的那份声明写得恰如其分，那让我以为你是个明事理的人。”

“她是我的妹妹。几乎算是我的孩子。”

“可她并没有对你表现出多少关心，不是吗？”

“您对您孩子的爱建立在他们对您表现出的关心上吗？”

“注意你的言辞。”这一次来的不是小女孩了。这是个成年人，远比那个灰头土脸的报丧女妖要危险。

“艾蒙很崇拜您。您却让全世界看他的笑话。”

“那是他自作孽，怨不得我。那个恋弟的姑娘说起弟弟时就没引起他怀疑吗？还有她那父亲？”

她向后靠在冰箱上，手肘碰到了LED板上的一个按钮，两块冰块从制冰机里流畅地弹出，她连忙闪开。冰箱的无噪音功能一直让卡拉马特觉得扫兴——小时候，在温布利的一个亲戚家时，他总是觊觎着冰箱门上咔咔作响的制冰机。来自温布利高端区普雷斯顿路的伊丝玛·帕沙，从格栅上拾起其中一块冰，将其放回它原本存放的地方，她的这个举动就这样实现了他童年时代的渴望。她一定是那种还有救的人，虽然她的家庭已经四分五裂。

“艾蒙一开始就知道我们父亲的事。是我告诉他的，那时候他甚至还不认识安妮卡。”

她站在那里，另一块冰正在她的指尖融化，让她不知该如何是好。一幅无害而笨拙的画面。一头披着羊皮的狼。

“你到目前为止还算理智。继续保持你的理智。”他轻轻转着杯中的酒，出神地看着这片小小的血色海洋。

“什么？不，我不是那个意思……”她把冰块丢进空酒杯，它吸收了里面剩下的几滴红色。“您以为我会试图发表攻击内政部的言论吗？还是认为我想对艾蒙不利？我只是想说，您儿子的闪光点比您所知道的要多。有些您认为是弱点的地方，其实正是他的强大之处。”

“你对我儿子的事非常热心嘛。可惜他最后找上的不是你，而是你那个妹妹。如果是你，我倒还能接受。”

“他不想找我。”她说道，语气毫无波澜。

他越过手中的玻璃杯对她扬起眉毛。“他还有得选？”

“没有。”

“你这句‘没有’里还藏着‘有’的影子，有意思。兴许以后我们还能探讨探讨。但先让我们解决根本问题。你是来请求帮助的。好，那我们来看看你到底有多明理。你会不会说服你妹妹让遗体在卡拉奇下葬？反正如今那个国家不会再有航班肯运输它了。”他的目光无法从玻璃杯中的冰块上移开，它现在已经是一团淡粉色的融化物了。

“我说服不了她。我想和她在一起，仅此而已。”

艾蒙也说过几乎一模一样的话。“我只想和她在一起。”一个软弱男孩说出来的无用之言。对自己的儿子，他在心中一遍又一遍地使用这个词：软弱。他端起镀铬台上快要喝空的玻璃杯，咽下一口冷得让人口腔发麻的水，其中还混杂着别的什么。一具寒冰中的异国遗体。

“苏亚雷斯，我儿子在哪里？”

“诺曼底，先生。在爱丽丝小姐府上。”

“有人看着他吗？”

“没有，先生。我本来想只要盯着他的……安妮卡·帕沙，就够了，确保他们没有进一步接触，这是您要求的。是否需要我——”

“不，不。你做得对。好了苏亚雷斯，谢谢你这么晚了还来一趟。你可以留我和她单独待在这儿了。我比她离刀架近。”

门在苏亚雷斯身后阖上，伊丝玛·帕沙说：“艾蒙继承了您的幽默感。”

“他更好笑一点。”

“是的。”

他从口袋里掏出手机，给詹姆斯发消息：查查我儿子这几天有没有用过他的护照。低调点。

他抱起胳膊，向后靠去。他听到伊丝玛发出一声轻叹，抬头见她正做着和自己一样的动作，把头靠在冰箱上。奇妙的女人。她显然对艾蒙一往情深，但那似乎又毫不影响她对妹妹的爱。

“为什么选社会学？”他问。他不该开这瓶酒的，这样只会让泰莉更生气。搞小动作从来没好结果。

“我想理解这个世界为何如此不公。”

“这不该由你们的真主来解答吗？”他说道，惊讶于自己语气中轻微的嘲讽。

“我们的真主解答了，用一种迂回的方式。”

“怎么说？”他问。她其实挺标致的，当她的面部放松下来，一扫焦虑的侵蚀。

“首先，祂创造了马克思。”

“看来你也很幽默啊。”

“假如您认为我是在开玩笑的话。”她直视着他，某些东西在两人之间传递——这与性无关，但感觉更危险。她让他感到亲切，让他想起那个他已经失去的世界。

他活动了一下肩膀，试图放松放松，又看了看微波炉上的时间，心想今天怎么还没过去。“你当时一定看出你弟弟不对劲了。你为什么不出声呢？我要如何才能让你这样的人趁一切未晚时说句话呢？”

“我和我妹妹，我们当时都看出他的异样了。我们以为他在偷偷恋爱，他的第一次恋爱。从某种意义上来说确实算是吧。不然怎么解释一个人在短短几周里发生这样天翻地覆的变化呢？您看出自己儿子当时的变化了吗？”

他可以感受到自己脸部的肌肉在收缩。“我把话讲清楚吧：如果事实证明你对，我错；如果世间真有全能的神，派遣天使吉卜利勒用双手抱着你的弟弟——还有你妹妹——乘着火之翼带他们飞回伦敦，我也不会让他入境。你明白了吗？就算吉卜利勒亲自来也没用。”

“两个十九岁的孩子，其中一个已经死了。”她只是这么说道。

她语气中的平静衬托得他刚才那一番天使和火之翼的雄辩——那是他父母常用的修辞——显得歇斯底里。他用舌头抵住门牙，试图想出一句话来灭掉伊丝玛·帕沙的气焰，同时也打消自己的恍惚，可这时詹姆斯的电话来了。他接起电话，说了句“好”和“谢谢”。挂掉电话，他把自己酒杯中的液体一滴不剩倒回了瓶子里。明早他需要一个清醒的头脑。

“您会允许我明天离开吗？”她问。

“明天的重点不是你。想干吗就干吗去吧。”

他离开厨房，径直走向地下室。途中他经过了一张小桌，上面摆着艾蒙微笑着的照片。他拿起照片，吻了吻儿子的脸颊。我漂亮的孩子。他允许自己在这里最后徘徊片刻，享受一个父亲对儿子奢侈的爱——这个儿子正与家园渐行渐远，点燃了身后的桥梁，留下天际的火光。

09

卡拉马特从来记不住哪怕丝毫点滴的梦境，所以当他在午夜时分醒来时，首先想到一定是不请自来的鬼怪让他的心脏跳得如此剧烈，乃至惊醒了身体其余的部分。可是地下室的空卧室里一片死寂，显然这段时间里无人打扰。玻璃移门的百叶窗被卷起，这道门通向采光井，采光井头顶是一块玻璃平台，还有一面小心调整过角度的镜子，能够把朦胧的冷光折射进卧室里。他穿着睡衣，来到采光井里。一轮满月低垂在头顶。他在木制长凳上躺下来，这长凳被嵌在墙内，是他那酷爱温暖的儿子坚持布置的，这样就能把这块区域当作阳光房。但此刻这里很冷——光是冷的，他的肌肤是冷的，这一片空旷的地方是冷的。他在长凳上站起来，踮起脚尖，把手掌贴在玻璃平台上。一个想要伸手摘月的地下生物。

他打了个哆嗦，感到一阵可怕的孤独。“泰莉。”他念道，就像在孩提时代默默祷告以驱逐世界的黑暗。

片刻之后，他爬上妻子的床，跨过床单来到她躺的那一侧，贴着她的身体。他掀起她的丝质睡裙，把手放在她大腿内侧的温暖处，这是他特别钟爱的地方。他听着她的呼吸变化，知道她已迷迷糊糊醒来，意识到自己在身边。“让我留下吧，jaan。”他呢喃着。和以往一样，听到他渴求的语气，她便温柔起来，朝他靠过去一点，用一个微小的动作增加两人间碰触的点。她的脚抵着他的脚。明天，他将不得不告诉她，艾蒙去了卡拉奇来向父亲证明自己铁骨铮铮。卡拉马特深吸了一口妻子的味道，把手滑向她温暖的源泉。今晚之后，谁知道她何时才会再允许他这么做呢？他用嘴唇触碰了一下泰莉赤裸的肩膀，不顾她低低的抗议，翻身下了床。这会让他分心的。他需要保持头脑清醒。

—

他又回地下室去睡，再醒来时，屋里果然有不速的鬼怪造访。是詹姆斯，手上端着一杯咖啡。卡拉马特坐起身，外面天还没亮。

“艾蒙落地了？”他问。

“刚刚转机。”詹姆斯说着递过咖啡，“有人在登机口认出他来，把照片发上了推特，所以媒体可能很快就会发现了。您跟大使说过吗？”

“说什么？”

“我以为您会让巴基斯坦方一等他到达就送他上飞机回家。”

“如果他不是我的儿子，我会这么做吗？”他不知道儿子是否也算计过这点——有父亲盯着，不会让他把事情闹得太出格。

“恕我直言，先生，他就是您的儿子。”

“也恕我直言，詹姆斯，他是个英国公民，做了选择就得面对后果，跟所有的英国公民一样。”

“还有件事也会马上被媒体发现。这是几分钟前刚刚发到网上的。”詹姆斯把夹在胳膊底下的东西递过去——卡拉马特本以为是个小文件袋，但其实是个平板电脑。他摇摇头，下床去取自己的晨袍。一个男人在面对重大事件时不应该只穿着睡衣。詹姆斯跟着他进了办公室，虽然屋里有一台大显示屏的台式电脑，詹姆斯还是在卡拉马特的桌上支起了平板。

“已经糟到不能让我放大看了吗？”卡拉马特问，詹姆斯避开了他的目光。

人的意识会聚焦在一些细枝末节上，以回避被迫承受的巨大打击。影片开头的几秒钟里，卡拉马特首先恼怒的是儿子没和记者坐在一起，反而选择了直接对镜头发言，再把整段画面上传网络。这么做的本意是为了显得真诚坦率，但其实只是把掌控权握在自己手里。或者说偷了个懒。

“过去几天里，对于我的各种猜测议论纷纷。”说话的艾蒙丰神俊朗。特写镜头没拍出他周遭的环境，只有身后的一堵白墙；保守的海军蓝衬衫显得他的肩膀宽阔可靠。他的眼珠动了动——在看谁？——接着又回到镜头前。“我承认，我一直被自己的优柔寡断所困扰，”他的语气好像真的深受其苦，“困扰于两个我在世界上最爱的人：我父亲和我的未婚妻。”

“啊，不。”詹姆斯说。“未婚妻”这个可怕的词让他不由骂出了声。

“我曾经希望我的父亲能改变看法，但现在我明白这是不可能的。让我澄清一下吧，安妮卡·帕沙没有主动来找过我，是我先去她家找她的。我在美国曾有幸和她的姐姐相处过一段时间，于是我从她姐姐那里捎了份M&M的礼物过去。”

这是个加分点，M&M 巧克力豆。摄像机背后，刚才艾蒙看了一眼的人是谁？

“我起初确实不知道她弟弟的情况，但我知道她父亲是圣战分子，曾前往阿富汗与塔利班共同作战，并被关押于巴格拉姆监狱——可能还遭受过虐待，最后在被押往关塔那摩的途中死亡。如同几乎所有英国人一样，我憎恶阿迪勒·帕沙的所为，也憎恶他死去的方式。他的一生以及死亡都无可辩解，但正是这一切，让安妮卡和她的姐姐伊丝玛成为了不凡的女人。她们面临了巨大的困难——包括年幼时母亲的去世……”

他继续讲述着帕沙姐妹的苦难和荣耀，看起来多么热忱，多么善良。人性的信仰从他身上源源流出。蠢小子，难道这个时代还有人相信这种理想主义空话？

“我们陷入了热恋。天啊，我所有的朋友都要来骂我了——我们不会就这样公开了吧，真的吗？但事实就是这样。这就是我的真理。”

这个词什么时候变得这么流行了：“我的真理”？讨人厌的表达，透着一股自我中心味儿。而且显得愤世嫉俗，好像世间一切的绝对真理都不值得相信。

“我不知自己何德何能得到了她的垂青。我的父亲再了解我不过了，知道我配不上这样一个优秀的女人，说她一定是在做戏——”

“噢。”詹姆斯压低了声音。

“——但我们之间从来没有过任何伪装。也正因为这样，她才会在答应和我相伴一生时，把弟弟的事告诉我。我无法向你们说清这是件多可怕的事——做出这个决定需要她鼓起如此大的勇气，对我展现出如此的信任，可这样的坦诚相待却让她被人描述成一个……一个……我说不出那个词。”

丢人。颜面扫地。“后面还有多少，詹姆斯？”

“不知道，先生。我好像不该在您之前先看。”詹姆斯拼命盯着地毯的图案。

“我确实去找了我父亲，我们的内政大臣，几乎第一时间向他说明了帕尔维兹·帕沙的事。这不是说我的未婚妻向我请求过任何帮助，而是因为，作为一个儿子，我认为自己有义务告诉我的父亲，我的私人生活和他的职业生涯发生了冲突。你们看，我当时知道帕尔维兹·帕沙试图进入英国驻伊斯坦布尔领事馆，他的目的不是什么恐怖活动，而是想拿到一本新护照，这样才可以回家。我与反恐官员共享过这一信息，并且肯定安妮卡也做过同样的事。但我尚不清楚为何英国公众至今仍认为他被谋杀时前往所在地点是出于恐怖主义动机。而且我敢说，他的死亡系他差点成功逃脱的组织所为。”

别这样，儿子，别把他捧成英雄。他们不会放过你的。

“但我真正在意的不是帕尔维兹·帕沙。我从没见过此人，也确实不知道他干了什么、在叙利亚期间可能犯下过哪些罪行。可是，我了解他的姐姐。你们一直在电视屏幕上看着的这个女人承受了可怕的苦难，当她遭遇深重的哀痛时，她的祖国、她的政府还有她的未婚夫却背弃了她。她被恶言相向，因为她胆敢在裹着头纱的同时去爱；她被诽谤中伤，因为她相信自己有权希冀和一个身世背景大相径庭的人白首偕老；她被公开谴责，因为想把弟弟葬在母亲的身边；她被千夫所指，因为通过完全合法的途径抗议了内政大臣出于个人私怨的决策。不列颠真是这样一个国家吗？把人树立成仇恨的靶子，就因为他们无条件地爱着一个人？这爱是无条件的，但并非不加甄别。当她的弟弟还活着时，这份爱试图劝说弟弟回家；现在他死了，这份爱转而劝说政府让他的遗体回家。这其中有什么罪？爸爸，请告诉我，这有什么罪？”

原来这就是心碎的感觉。卡拉马特承认了，放开了，双手无助地垂在身体两侧。私怨。这个词就像一支浸透了毒液的箭，唯有他最亲近的人才懂得如何放出。此刻，无论站在摄像机后面的人是谁，无论替艾蒙润色语句的人是谁，无论选择了这一身心理学家坚称能注入自信和可靠感的蓝色服装的人是谁——这些都不重要了。是艾蒙杂糅了毒药，射出了这支箭。艾蒙知道这是谎话；他知道在所有谎言中，这个谎言最能伤害到自己的父亲；他知道一旦话说出口，他就授予了卡拉马特·隆恩每一个政敌重复这句话的权利。如果连做儿子的都分不清这是否私怨，还有谁能分辨呢？父与子，子与父。一出亚裔家庭大戏被搬上了议会。他握紧双拳架上椅子的扶手，肌肉从后背一直绷紧到肩头。身体反应带动了意识，他缓缓吸气，让思绪跟上呼吸的步调，心中的博弈者看着刚才的那一步棋，审视着整张棋盘。

詹姆斯默默地等待着，直到这位内政大臣转过头来看他。"我们现在怎么办，先生？"

"不怎么办。话说到这个份上，他是在自掘坟墓。"他看看表，"我们去办公室吧，看它怎么传出去。"

"您要不要先和您夫人待一会儿？"

"詹姆斯，只要这事没完，我就没有儿子，也没有夫人。我担任着一个重大国务官位[1]。我说明白了吗？"

---

1 重大国务官位（Great Offices of State）是英国国会系统中级别和声望最高的四个职位。分别为首相、财政大臣、外交大臣和内政大臣。

“是的，先生。抱歉，先生。”

卡拉马特回到自己的房间，打开橱柜看着他的领带架。其中蓝色的比其他颜色更多。但今天，他的手伸向了暗红色——有力，却又神秘难测。这样的领带才配得上一个大权在握的男人。

一

他到了马沙姆街，手上拿着当天第一版早报，他始终坚持阅读纸质报刊。他审视着一份与他所属党派关系最密切的报纸，一半脸在光线下，另一半在阴暗里，犹如漫画中的反派。是国家利益还是私人恩怨？标题如此质问道。

“一定有人抢先把视频泄露给他们了。”詹姆斯多此一举地说。

“去门外守着，谁都别放进来。女王亲自驾到我也不管。”大楼此刻空空荡荡，大半个伦敦还在沉睡。他只想独自待着。

文章第一段使用了“匿名内阁成员”这一描述，结合记者的名字，几乎可以肯定此人就是那个“投机分子”。谈到内政大臣之子现身恐怖分子葬礼的可能性时，这位匿名内阁成员悉数了此举将对其父造成何等无可挽回的危害——“当然，他也会在职权范围内想尽一切办法阻止此事发生”。一句轻描淡写的攻击往往最具杀伤力。

文章将这位昔日里坚持原则的实干家片片拆解、重新塑造：一个野心勃勃的移民之子，与拥有金钱、地位和社会资源的富家女联姻后，摇身一变成了举足轻重的政党捐赠人，并因此力压更优秀的候选者，获得了第一次参加选举的资格。他利用自己的穆斯林身份获胜，接着又在这身份于己不利时果断抛弃它。“清真寺门”事件后，他被自己的选民踢出了局，接着却又获得参与保险席位补选的特权，个中原因仍是个谜；而此事又能追溯到党内某人的辞职。他非但没有充分解释自己常光顾的那座清真寺与已知恐怖分子的联系，反而扮起了新面孔——大力批评起投票支持他的社区。此人到底是工人阶级还是百万富翁？是穆斯林还是前穆斯林？是移民骄子还是反移民者？是现代主义者还是传统主义者？能否请真正的卡拉马特·隆恩站出来？最后一击又是那位匿名内阁成员打出的：“他可以出卖任何人，哪怕是他的儿子，只要他认为这能使他离唐宁街10号更近一步。”

事态就此升级。不列颠刚苏醒就被淹没在铺天盖地的推特、加急赶写的线上专栏以及晨间电视访谈中，所有人都把内政大臣架在审判席上。他们齐齐使用了“私怨”这个词，还有好事者改了个＃私人灌肠剂＃[1]的标签。

原来如此，这是一场专业化的协同行动。他怎么花了那么久才想到摄像机背后人的身份？

“爱丽丝，你一直不喜欢我，对不对？”当这条大比目鱼终于在第五声铃响才屈尊接起电话时，他说道。

“隆恩先生，您的儿子雇了我家的公关团队。”她的声调就像热蜂蜜滴在冷鱼鳞上，“这只是纯粹的工作。没有私怨。”

他挂掉电话，大笑起来，接着解开袖口上的纽扣。“集中力量，打起精神来。”他对詹姆斯说。现在还不到早上八点，一天才刚刚开始，而那条大比目鱼能吐的竟然只有这么几个词。

他点开桌面上的一个视频文件。沙漠中，一个跪着的人影，头顶悬着一把如新月般的弯刀。这就是产品的附加价值，做出这份东西的人会关注镜头的角度、光线，以及——他反复敲击一个键，放大赞颂真主之名的

---

1 “怨恨”（Animus）和“灌肠剂”（Enemas）发音相近。

音量——声音。这份影像来自帕尔维兹·帕沙所供职的媒体部门。他不想把它公布给英国民众，因为里面全是野蛮的、让人噩梦连连的内容。他大可不必这么做。如果他对形势的评估正确——对此他很有自信——那么，在艾蒙步入公园的那一刻，公众只要看一眼那与英国大相径庭的奇观，舆论立刻会从“私怨”转变为艾蒙·隆恩明显匮乏的判断力。但为了以防万一，还是要有一套后备计划来提醒公众：一个英国公民背弃了自己的国家，去扶持一个主张十字钉刑、斩首、鞭刑、把人头挂在矛尖、童子军、奴役和强暴的地方，这才是唯一的事实。那么卡拉马特·隆恩究竟有没有夹带私怨呢？真主在上，没错，他有！他的一只手重重砸向桌子，心想，当一颗头颅滚落在沙漠里时，是否真的适合说“真主在上”这句话？

第一次看过这段视频后，他一周都吃不下肉，每次刮胡子时也无法不去想刀刃切在血肉上的画面。现在，这成为了他的武器。他从电脑屏幕前抬头，看着一进办公室就打开的电视：女孩盘腿坐在冰棺旁，头发上仍然结着一层泥，原本洁白的衣服也脏污了，有关她的一切都更加衰老而疲惫。*你知道自己哀悼的究竟是怎样一个人吗？*他心想。

他的手机振动了一下，是泰莉的短信。现在回家，不然下一条带你名字的新闻标题就是你妻子搬到酒店去住了。

这消息是发给一个政客的，而不是给一个父亲或丈夫的。他双手抚了一把头发，不知该感到欣赏还是绝望。就算是斩首视频也转移不了这样一出亚裔家庭大戏的焦点：知名室内设计师、时尚偶像、在近期一项民意调查中深受威斯敏斯特夫人们喜爱的泰莉·隆恩，选择了她儿子 的“私怨”阵营。

“你赢了，泰瑞莎。”他回复，“我这就回。”

—

线条平滑的暗色家具和木质地板是泰莉的标志性审美，它们体现在家中的每一间屋子里，只有她丈夫的小房间和家里的起居室例外：那里有着红色的墙壁、深色的地毯、沙发以及白色的书架，上面摆满了家人最爱的书籍。走向起居室时，卡拉马特听到了一个意料之外的声音，那个声音告诉他，自从他当上内政大臣之后连脚步声都更装模作样了。

他三两步走上前，张开双臂迎接他的第二个孩子，直来直去的艾米丽。他多希望她是个男孩儿。

“我来查查那些种族歧视还厌女的‘祸贾布’言论是否出自你的办公室，并把涉事人员开除。”她离开父亲的怀抱，笑眯眯地看着他。美丽的艾米丽，和她的母亲就像是一个模子里出来的，有着浅棕色的头发和淡褐色的双眼，纤细的双手飞快地打着手势。

“唉，我还以为你是来挺你老爹的。”他说着刮了一下她的鼻子。

“我老爹不会有事的，他一直很好。但我的哥哥就有点发疯了，对不对？”她一屁股坐进沙发里，继续大口咬一块吃到一半的羊角面包，“但他还是我的哥哥，也还是你的儿子。我想我得来帮你重温一下父爱的感觉，再把他赶到纽约去，一直等到这事过去为止。”

他察觉到泰莉正穿着睡袍背对着父女俩，用手指抚过孩子们那些书的书脊，仿佛那是一枚枚琴键。只搭理艾米丽显得他有点懦弱，但这也更容易。他在女儿身旁坐下，喝了一口她杯子里的茶，结果因为糖放得太少而皱起了鼻子。

“他干的好事你都知道了？”

“妈妈刚给我看过视频了。他这么做太蠢了。你打算怎么收拾？”

这令他吃了一惊。艾蒙去了卡拉奇的消息竟然还没传开，他在登机口的那张照片一定被发布者删除了——不论这是哪个安全部门的成果，卡拉马特都很感激。还要记得去谢谢詹姆斯，他是唯一一个注意到此事的人，因为他也是唯一一个想到把拼错的＃艾门隆恩＃标签也加入谷歌订阅的人。这倒也不是什么大事，毕竟用不了多久，消息就会人尽皆知，但至少，他可以亲口告诉妻子。此时她终于转过身来，脸上的表情充分说明他今早没有叫醒她就出门是个多么糟糕的主意。“去歇会儿吧，我有话要跟你父亲说。”她说道。

艾米丽站起来，目光在父母之间游移。“抱歉。”她说着，吻了吻父亲的脸颊。

等她离开后，泰莉走向阳台，打开门。对新鲜空气的热爱让她从不畏惧清晨的寒冷。婚姻中，有些不满会被驱散，还有一些则会积聚起来。

“有时候我都忘了她有多像你。”她说。

“那要跟她的哥哥比，儿子跟我们谁都不像。”

“不是这样的。他就是以前的我，遇到你之前的我。那时我还没有用尽全力让自己配得上你。”

他不禁失笑。“你说反了吧，我的东海岸名媛继承人。还记得我第一次带你出去吃饭吗？”

但她摇了摇头，一心沉湎于他们被歪曲过的生活印象。他把艾米丽剩下的茶水倒进绿萝花盆里，又给自己另倒了一杯茶。视线中没有看见糖，于是他加了一勺果酱，然后用力猛搅。如此暴行都未能引起她的注意。她仍旧站在房间那一头，咬噬着自己短短的指甲。

“你以前总会问我意见，”她说，“每一场竞选，每一项议案，每一次演讲。”

又来了。每当她提起这个，他都忍住不指出他早年这样是因为没有别人可仰赖。那时他只是个布拉福德来的毛头小子，靠暴富得来的钱财打入党内，根本没人欢迎他这样的人加入。“我只希望我的家是个远离议会喧嚣的避风港，这真有那么糟糕吗？”

“少把我当成等你下班回家给你递拖鞋的家庭主妇。你有没有好好想过我是怎么看这孩子的事的？”

他看着那一小坨果酱在茶水里翻滚浮动，感到有些恶心，但他不愿承认，反而喝了一小口。“你想保护你的儿子，这是当然的，这就是你的工作。但那不能成为我的工作，在这种环境下不行。”

“我指的不是艾蒙，你这个自以为是的白痴。我是说那个十九岁的孩子，他正当着姐姐的面在太阳底下腐烂，让他姐姐伤心得发了疯。他都已经死了，你就不能放过他吗？”

他的家人，他的宝贝家人，至少他们应该懂啊。“我针对的不是他。也不是他姐姐。也不是为了艾蒙。也许我不再问你的意见是因为你的政治头脑不如以前犀利了。还有，把门关上——我的茶都结冰了。”这样他就不必再喝这杯果酱味的液体，还能把一切说成是她的错。他为此沾沾自喜，哪怕她好像根本没注意到。

“我的头脑还够看清你看不清的东西。我知道你党内的竞争对手更像你的政敌，支持者更像是赞助人。我知道棕色皮肤也不是特氟隆做的。你以为我不再管生意的真正原因是什么？”

这个提问很意外，他不愿就这么被动接受，于是顺着这场对话的线索回溯，试图理解其中的逻辑。噢。“为了把你的精力放在——我们是谁先说出这句话的？——用丝缎盖住我那颜色太深的、就像要上街斗殴一样的肌肉。你一开始是这么做的。”他向她伸出手，准备好宠溺的姿态，“确实，没有你就没有现在的我。我永远也不会忘的。”

她终于关上了阳台的门，但看起来只是为了能摔上什么东西。“你这个白痴自恋狂。你才刚到山脚下，心已经飘到山顶了。你根本没发现今天早上的文章是一场雪崩的开始，要阻止已经来不及了。”她最终来到他面前，但是为了拿起遥控器对准电视。她还在，那个女孩，仍旧盘着腿，从他离开办公室到现在都没有变化。他看着壁炉台上的钟。艾蒙就快要降落了。

“几天之前，你最大的竞争对手还是个含着金汤匙出生的男人，一个资深党内人士。可现在，你的对手成了一个孤儿学生，她只想替弟弟争取从未替父亲争取到的东西：一个墓穴，让她可以坐在旁边为她那不堪的家庭哀哭。看看她，卡拉马特：看看这个伤心的孩子，你把她拔高成了你的敌人，再看看你这样究竟把自己贬低到了什么程度。”

冰棺此时已经封上了，冰板盖在尸体上方，那张脸不再裸露。它要腐烂到什么程度才会让她同意这么做？先前旁边站了不少人，此时却好像只有她孤零零地和尸体在一起，在焦黄的草地上，在榕树下，玫瑰花瓣在她周围枯萎。是气味吧，卡拉马特猜测。那气味把所有人逼到了外围。不久，他的儿子将步入这座公园，走进这死亡的恶臭，中央是他所爱的女人。

“天哪。”他终于看清了——他的儿子被极尽腐烂的恐怖所包围。

“现在你连自己的儿子也失去了。”泰莉说。她把手盖在他的双眼上，那触碰让他体内的某些东西停滞了，另一些东西却苏醒过来。他把头向前靠去，让这过于沉重的分量落在妻子的掌心中。曾经，有一个下午，雨滴击打着窗户，他就坐在这里，双臂拥着儿子的肩头安慰着他，那是儿子第一次经历心碎。十三岁的艾蒙刚到拒绝父亲怀抱的年龄，但这悲伤的时刻却是例外。屋外风雨大作，卡拉马特怜爱而无奈地看着孩子在自己的衬衫里痛哭。他知道，自己应该教他像个男人样去咬牙扛住。但相反的，他把儿子拉过来，暗自庆幸艾蒙没有去找母亲、妹妹或者好友，而是来找父亲，最爱他、也永远爱他的父亲。

泰莉收回了手。“有点人性。好好处理吧。”

丝缎轻扬，她走了。现在只剩下他，还有那个伸手触碰寒冰的女孩。他双手交握，往冰凉的指尖吹气。母亲去世时，他在她的遗体边守夜到清晨，不停地大声诵读《古兰经》，因为她会希望他这么做，虽然这丝毫触动不了他的内心。坚定不移地做好每一件事对他而言显得如此重要——不是因为他相信她还有残存的意识去感知，而是因为，那是他作为一个儿子能为她做的最后一件事。

他似乎费了番力气才把手伸进外套口袋，拿出电话打给詹姆斯。

“多谢你把艾蒙的那条推特撤下来。把英国驻卡拉奇副高级专员署的电话发给我。”他说。

“不是我们撤下来的，先生。我马上把号码发给您。”

他挂掉电话，想去找妻子。不，他会先处理好此事，为他的儿子，为那个女孩，然后再去告诉泰莉。他在沙发上平躺下，双臂交叠在胸口，睁着双眼。谁会来为他的遗体守夜，谁会在他最后的时刻握着他的手呢？

一

屋里传来一阵隆隆巨响，楼梯上和大厅里也是。他站起来，迎面遇上三个冲进屋子的安保人员，在他周围形成一道人墙。这堵移动的墙裹挟着他冲下楼梯，把他双脚离地提起来，像个人体模型一样架着走。他一路挣扎着想去找妻子和女儿，“泰莉，艾米丽！”他喊着她们的名字，这世上唯有这两个词才有意义。“在你后面！”那是妻子的声音，急促的脚步声一路跟在后面。“她们在我这儿，先生。”好家伙，苏亚雷斯！外面是警笛声，人墙从前门离开来到地下室。他们一个个都掏出了枪，步话机里人声往来，苏亚雷斯在指挥："锁上门，解除警报前别放任何人进来。"来到安全屋，妻女跟在身后，关上门，泰莉把多点锁闩上。

"我们为什么要来浴室？"艾米丽问。

卡拉马特花了一点时间才想起，自从他当上内政大臣后，女儿还没回过家。她是个从过去而来的访客，提醒着他曾经的生活。"现在这里是安全屋了。"

"天哪，我们要死了。"

女儿的脸上有些东西让他不忍直视，于是他急急忙忙用手沿着门框摸索，好像自己是个能排查并修复好薄弱处的父亲。"苏亚雷斯，"他砸着门吼道，"这到底是怎么回事？"

另一边传来一个声音——是琼斯吧？"我们会尽快把您弄出去。"说得就像内政大臣和他的妻女被困在出了故障的电梯里。英国人，难免如此，哪怕其实是威尔士人。他把手伸进口袋，但手机不在里面。它还在桌上等待詹姆斯的短信。艾米丽和泰莉也没带上手机。他又砸起门来。"光这一句话可不够。"

"先生，我们拦截到聊天记录。与一场即将发生的袭击有关。"

"你这样是没用的。"泰莉双手搂着女儿说道。他应该去跟她们待在一起，想点安慰的话。但他只是坐下来，背靠着瓷砖墙。他能说什么呢？说他们会平安无事？

“对不起。”他说，然后等着母女其中之一告诉他，这不是他的错。

泰莉转过脸，开始以清晰、现实的语气向女儿解释安保协议以及这间屋子里的安全设施，那段拦截到的对话也可能毫无意义，不会有事发生的，如果有人真想实施袭击，又怎么会把计划广而告之呢？防爆……防弹……空气供给。这就是她用来安慰孩子的词语。

她们多美啊，他的妻子和女儿。当他的政敌在外面千方百计想扳倒他——泄密、影射、揭底，那些让威斯敏斯特宫担恶名的玩意——他却和妻女缩在一个加固的金属盒子里，躲避恐怖分子的追杀。他拢起双手，像是个准备祈祷的男人，又像个正托起初生儿子脑袋的父亲。又或者，这只是个检视自己掌纹的政客。他向来不信那些迷信玄学，但曾有人告诉他，手相学认为，左手掌上的线条代表你天生注定的命运，右手掌上的线条代表你自己造就的命运。从那以后，他每每看到两者间的巨大差异都很得意。感情线、智慧线、命运线和生命线。女儿正需要父亲的安慰，他却在想着拯救自己的政治生涯，他是什么时候把自己变成这种人的？他拍了拍身边的地板，并在她坐过来时握住了她的手，让她的头靠在自己肩上。他数着她的手指，一如她出生时那样，虽然在有艾蒙之前，他一直以为这属于某种育儿神话，不信有人会真这么干。

“你妈妈说得对，”他说，“做得到的人早做了。做不到的才会上网过嘴瘾。”这话引起了一声轻笑。“说真的，我敢肯定苏亚雷斯故意夸张了，就当是场演习吧。他就是这样的人。他要保证他的所有人[1]——还有女人，你不用纠正我——都学会在压力下行动。”

“你这样说是为了让我好受点吗？”

“我可是‘独狼’。我从来不说让人好受的话。”他朝她龇了龇牙，于是她对他微笑起来，信任的笑。

这一代人，二十多岁了仍只是孩子。他在艾米丽的年纪就已挫败过世上如此多的丑恶嘴脸，有时也从中体验到乐趣。反纳粹联盟曾走入多少政治歧途，但他们还是赢了。他自己不就是佐证吗？在那个年代，他还戴着“种族主义者床上不行”的徽章招摇过市，心里只想找人打上一架或打上一炮，那时谁会想到他这样的人会落

1　原文为 men，既泛指人也可单指男人。

到如此境地？如果有人想到了，如果有人预言他将成为躲在安全屋里被杀手紧盯不放的内政大臣，那么不用问也知道，那些杀手肯定是新纳粹光头党。可是这些人怎么敢——为什么竟然会是他的人？他这一代人付出了那么多，才让这个国家对他们更好，他们怎么胆敢如此？私人恩怨——没错，正是！

“爸爸？”艾米丽问，于是他放松了握紧她的手。

他们计划怎么做？在平行的邻街上准备一辆装了炸药的卡车，一次炸毁整个街区？他们在下水道系统里吗？他们有没有渗透他的安保队伍？他看着泰莉。

“呼吸。”她用口型示意，接着过来坐到女儿的另一边。

于是他把注意力集中于此。呼吸。握住女儿的手。记住邪恶和能力之间并无关联。想想自己经此一难会如何成为英雄，政党领袖地位尽在掌握。然后又重新集中注意呼吸，重新握住女儿的手。

一阵仿佛无边无际的沉默之后，艾米丽开口了：“要是艾蒙在，他一定在跟我们讲笑话了。”

卡拉马特看了一眼表。儿子现在已经到了，在卡拉奇。

他清了清喉咙。“泰莉，有件事——”

门上传来拍击声，那是苏亚雷斯的解除危机暗码，接着他的声音告诉他们已经安全了，可以出来了。卡拉马特起立得太急，感到一阵头晕。他拧开锁，听到所有保护位置的插销滑出，听到女儿放松下来的哭泣，于是转身去扶她，泰莉也一样，一时间三人紧紧相拥。当他们分开时，苏亚雷斯来了，正欣慰地微笑着。

“只是有人恶作剧，先生。这对我们来说都是场有用的演习。”

“你怎么知道的？”

“因为他们声称抓到您了，先生，但显然他们没有。”

步话机噼啪作响。那头传来一个声音——急迫且惊恐。

一

每个电视频道都在重播这段画面，无止无休。

一个身穿海军蓝衬衫的男子走进公园。他被认出来了，记者一拥而上，他向他们举起双手，大声喊出他为之而来的女子的名字。摄像机纷纷转向她。她是唯一一个没有察觉的，正把脸颊贴在已经融化到几乎透明的冰片上。记者们后退，为他让出一条路来。两个身穿米色夏尔瓦克米兹的男人拦在了这条路上。“你总算来了。”其中一个说道，同时大大地张开怀抱。穿海军蓝衬衫的男子眼睛仍盯着女子，但他正身处异乡，他不想唐突冒犯，便接受了拥抱。一个男人把他拉进自己的胸膛，拧住他双臂的同时，另一个人环住了他的腰部。两人后退，转身，逃走。直到他们翻过围栏逃出公园，穿海军蓝衬衫的男子才明白他们箍在自己身上的这条带子是什么。

他用力地撕扯它，大喊着要刀子，想找东西把它割下来。但每个人都在奔逃，逃向这个或那个出口，尖叫和呼喊声上达真主，此刻还有谁能拯救他们呢？一名摄像师，一个杀戮现场的老手，在公园的边缘停下来，这是他尽其所能判断出的爆炸范围半径，他把摄像头转向已经空空如也的场地。女子此时已经站了起来。腰上捆着炸药的男人举手阻止她靠近。快跑！他大吼。别过来，跑！于是她跑了，笔直地冲向他。摄像机一阵颤抖，那是把它扛在肩头的男人在畏惧即将来临的爆炸。穿海军衬衫的男子起初挣扎着，但她的双臂拥住了他，她在呢喃着什么，于是他静下来。她的脸颊贴着他的脸颊，他低头在她肩头落下一个吻。一时间，他们是公园里的一对恋人，在一棵古树下静静相拥，阳光斑驳，美丽安宁。

致谢

塔拉艺术剧院的贾蒂尔德·瓦尔马让我有了把《安提戈涅》融入当代语境的想法。贾蒂尔德，非常感谢你，也抱歉我最后使用了小说的形式，而非戏剧。

很庆幸我能在生命中继续拥有圣马达莱纳作家之家。感谢比阿特丽斯·蒙蒂为我提供了工作的空间，也感谢她的友谊和她的狗儿们。

还要感谢德莫特·奥弗林那张可以俯瞰大海的书桌。

谢谢你们，维多利亚·霍布斯，亚历山德拉·普林格尔，贝基·萨莱坦，安杰莉克·特兰·凡·桑，珍妮弗·科斯特，法伊扎·S·汗，以及布鲁姆伯利、瑞文海德与A.M·希斯的诸位，你们都在《战火家园》的生命里占有一席之地。

感谢我的其他出版商，以及我的译者们。

同样要感谢的还有索福克勒斯的译者们：安妮·卡尔森的《安提戈涅》（Oberon Books，2015 年）以及谢默斯·希尼的《底比斯的葬礼：索福克勒斯的安提戈涅》（Faber & Faber，2005 年）都是我在写这部小说时的忠实伴侣。还要感激阿莉·史密斯的《安提戈涅的故事》（Pushkin Children's Books，2013），以及阿莉·史密斯本人。

感谢莎米·查克拉巴蒂许可我使用她的发言，该段话系她担任 Liberty 组织负责人（liberty-human-rights. org. uk）时，针对剥夺英国籍公民权利计划时所说。

伊丽莎白·波尔图一如既往是一位可靠的先行读者。

有关普雷斯顿路部分的描写要归功于杰拉尔丁·库克——她是我的朋友、向导兼事实核查员——她毫不吝惜自己的时间，并从不追问我的工作。还要感谢她的诸位亲朋好友们，他们向我提供了关于他们街坊邻里的素材。

就在我动笔写《战火家园》一书的不久前，吉莉恩·斯洛沃接到了一部优秀剧目的委托——《另一个世界：我们如何将我们的孩子输给了伊斯兰国》（Oberon Books，2016）。吉莉恩将她的知识与资源分享给了我，并在读完本书第一稿后给予了反馈，她从中展现了无比的慷慨与友谊。